KB003240

"

누군가의 가슴에 남아있는 한
사라지는 것은 없다

"

# 내 마음의 자전거 소리

좋은날

# 내 마음의 자전거 소리

김재진 글 · 김연해 그림

좋은날

별,

넌 지금 어디 있니?

지금 난 내 아이들을 위해 이 글을 쓴다.

아이들이 자라고

문득 지난 날 나와 함께 가던 자전거 길을 떠올리게 될 때

이 책을 읽게 되리.

이미 녹슬어

버려야 될지도 모를 자전거의

더이상 반짝거리지 않을 바퀴 살을 손질하며

아이들은 아마 내 생각에 눈물짓겠지.

나 역시 그랬지 않은가. 내 아버지를 생각하면 언제나

눈시울 젖어 왔다.

더없이 소중한 내 아이들과

별,

우리의 아름답던 그 시절 앞에 이 책을 펼쳐 놓고 싶다.

# 차 례

# 가르쳐 주지 않은 이름

잠자리의 몸은 텅 비어 있습니다.

내 마음도 따라 비어 있는 날, 하늘을 맴도는 잠자리의 몸은 가볍디

가벼운 당신을 닮았습니다.


어느 이름 없는 시인이 남긴 메모입니다.

어쩌면 메모가 아니라 시의 일부인지도 모릅니다.

지금 그 시인이 어디서 무얼 하고 있는지는 모릅니다.

이름 없다는 말 그대로 누구에게도 그는 이름을 가르쳐 주지

않았기 때문입니다. 시인지 메모인지 알 수 없는 몇 줄의 글만 남

겼을 뿐, 그러나 그의 흔적을 전혀 찾을 수 없는 것은 아닙니다.

먼 옛날엔 신의주까지 닿던 철로가 놓여 있는 곳.

경의선 열차가 채 문산에 이르기 전, 백마라는 간이역을 지납

니다. 거기서 내려 자전거 전용도로를 따라 조금 더 일산 쪽으로

올라가면 그 시인이 앉아 있던 긴 의자가 나옵니다. 푸른 잔디가

제법 보기 좋게 깔려 있고, 드문드문 나무가 심어져 있는 길가의 공
원이 그곳이죠. 거기서 시인은 한 마리 잠자리를 만났던 것입니다.

# 샤각사각사각

찌는 듯이 덥던 여름이 가고 가을이 깊어 갈 무렵이었습니다.

나뭇가지 끝에 앉아 졸고 있던 푸른잠자리는 하늘을 찢는 폭음에 놀라 땅바닥으로 곤두박질 치고 맙니다.

"으, 으……."

가시에 찢긴 날개를 떨며 잠자리는 하늘을 쳐다봅니다. 난데없는 헬리콥터들이 떼지어 날아가고 있습니다.

"저건 아니야!"

아픔을 견디느라 얼굴을 찡그리면서도 푸른잠자리는 세차게 고개를 내젓습니다. 꿈속에서 봤던 비행기가 아니라는 말입니다. 꿈속에서 비행기를 따라가기 위해 죽을 힘을 다하다가 갑자기 바닥으로 곤두박질 친 것입니다.

그건 실제 상황과 다를 바 없습니다. 비행기처럼 고도를 높이다가 숨이 가빠 바닥으로 곤두박질 친 게 한두 번이 아닙니다.

"저런 헬리콥터 때문에 이러는 건 아니야."

중얼거리며 잠자리는 다시 먼 하늘을 쳐다봅니다. 헬리콥터가 사라진 하늘 반대편으론 은빛 비행기 한 대가 유유히 날아가고 있습니다.

"저거야, 저거! 은빛 날개를 가진 저 비행기……."

부러운 듯 쳐다보던 잠자리는 이내 고개를 떨구고 맙니다. 도저히 비행기를 따라갈 수 없다는 절망감이 가슴 한쪽을 찢어 놓기 때문입니다.

푸른잠자리는 지금 심한 열등감에 시달리고 있는 것입니다. 밤낮을 잊고 비행연습을 했지만, 결과는 언제나 참담할 뿐입니다. 허탈감 때문에 이젠 날개 가누기조차 힘듭니다. 지금까지와는 다른 진한 외로움이 물 먹은 솜처럼 가슴을 적셔 놓습니다.

사각사각사각—

찢긴 날개를 움직여 나뭇가지 위로 올라가는 순간 웬 소리가 들려 옵니다. 옷을 벗는 소리 같기도 하고, 갓 쌓이기 시작한 눈 위를 누군가 조심조심 걸어가는 것 같기도 한 소리.

푸른잠자리는 그러나 눈 위를 걷는 소리를 실제로 알고 있는 건 아닙니다. 언젠가 매미로부터 들은 이야기일 뿐. 오랜 동면의 경험이 있는 매미는 눈 위를 걷는 소리를 뽀드득뽀드득이 아니라 사각사각이라고 표현했습니다.

"어디서 나는 소릴까? 무슨 소리지?"

가지 위에 앉은 푸른잠자리는 조심조심 주위를 둘러 봅니다.

사각사각사각, 사각사각사각—

좀전보다 더 빠른 속도로 소리가 들려 왔습니다. 몸을 세운 푸른잠자리는 이제 소리나는 쪽을 향해 날아가 봅니다.

"사람이잖아. 뭘하고 있지?"

긴 나무의자에 한 남자가 앉아 있었습니다. 고개를 숙인 남자는 무릎 위에 노트를 펴 놓고 뭔가를 열심히 쓰고 있는 중입니다.

"아, 저 소리였구나."

마침내 알아 내었다는 듯 푸른잠자리는 가만히 날개를 흔들어 봅니다.

남자의 손엔 연필이 쥐어져 있습니다. 흔해빠진 볼펜이 아닌 몽당연필. 하얀 종이 위로 움직이고 있는 연필소리는 마치 눈길을 걷는 발소리처럼 사각거리고 있었습니다.

그 소리였던 것입니다. 남자의 손가락을 따라 느려졌다가 빨라졌다가 정말 누군가 걸어가듯 소리를 내고 있는 건 연필이었습니다.

"그런데 뭘하고 있는 거지?"

이제 소리나는 곳을 알긴 했지만, 남자가 뭘하고 있는지는 알 수가 없습니다. 한 번도 푸른잠자리는 글 쓰는 모습을 본 적이 없었기 때문입니다.

"아저씨, 뭘하고 있는 거예요? 그건 무슨 놀이에요, 도대체?"

푸른잠자리가 알고 있는 건 놀이뿐이었습니다. 인간들이 즐기는 건 그저 놀이뿐이라니까. 인간들이 하는 그 놀이가 때로 잠자리들에겐 생명을 위협하는 위험한 일인데도 말이야……

푸른잠자리는 자기를 좇아오던 아이들을 떠올립니다. 여름 내내 그들에게 시달렸기 때문입니다. 장대 끝에 망을 달아 휘휘 내저으며 잠자리들을 좇아오던 그 아이들. 그때 아이들은 신나는 놀이를 하고 있는 중이었습니다.

그러나 잠자리들에게 그건 놀이가 아니라 목숨을 건 전쟁이었습니다. 일방적으로 쫓겨 다녀야만 하는 이상한 전쟁.

아이들과의 전쟁에서 진 잠자리들은 가차없이 망에 채여 땅바닥으로 내동댕이쳐졌습니다. 작은 통 속에 갇히거나 때로는 아이들의 손가락 사이에 끼여 버둥거리는 친구들을 보며 푸른잠자리는 더 높이, 더 높이 날아오를 수밖에 없었습니다.

"끔찍해. 그렇지만 아저씬 지금 장대가 없으니까 손가락에 쥐고 있는 그 작은 막대기로 날 잡을 순 없을 거야. 그렇죠, 아저씨?"

위험을 느끼면서도 푸른잠자리는 사람들에게 다가가 이야기를 나누고 싶어합니다. 한 번도 자신의 말을 알아듣는 사람이 없다는 걸 알면서도.

"그건 외롭기 때문이에요, 아저씨. 내가 인간에게 말을 거는 건 외롭기 때문이란 말이에요."

그때였습니다. 갑자기 남자가 숙였던 고개를 들었습니다.

"응? 누구야? 누가 말을 하고 있는 거지?"

부드러운 목소리였습니다. 지금까지 푸른잠자리는 그렇게 부드러운 인간의 목소리를 들어본 적이 없었습니다. 잠자리들을 쫓아오며 질러대는 아이들의 고함소리나 아니면 물건을 사라고 빽빽대는 장사치들의 마이크 소리는 결코 부드러운 소리가 아니었습니다.

"내 소리가 들려요? 아저씨, 정말 내 말이 들려요?"

깜짝 놀란 푸른잠자리는 날개를 움직여 남자 쪽으로 더 가깝게 다가갑니다.

"아니, 넌? 넌 잠자리가 아니니?"

"맞아요, 아저씨. 난 잠자리예요, 푸른잠자리."

잠자리는 이제 남자의 어깨 위로 내려앉았습니다. 자신의 말을 알아듣는 인간이 있다는 사실에 그는 위험 따위를 생각할 겨를이 없는 것입니다.

"어떻게? 아저씬 어떻게 제 말을 알아들을 수 있나요?"

"어떻게라니? 그건 어려운 일이 아니야. 마음으로 하는 말은 당연히 상대를 움직이지. 네 마음이 하는 말이 내게 들려 왔어."

"아저씬 특별한 능력을 가진 사람이군요?"

"그건 아니란다. 보다시피 난 이렇게 체구도 조그맣고 못생긴 남자일 뿐이잖아."

"그렇지만 아저씨……."

"그래, 네가 하는 말을 모르는 건 아니야. 아무나 마음이 하는 말을 이해할 수 있는 건 아니지. 그렇지만 그건 그렇게 어려운 일은 아니야. 마음이 하는 말을 이해하기 위해선 자신의 마음을 열어 놓으면 되니까."

푸른잠자리는 이제 노트가 펼쳐져 있는 남자의 무릎 위로 날아가 앉습니다. 어깨 쪽으로 시선을 보내야 하는 남자의 고개가 아플 것 같아서입니다.

"그래, 그렇게 말이야. 네가 나를 생각해 이렇게 무릎에까지 내려와 주는 것처럼……."

"그건 또 무슨 뜻이에요?"

"마음이 열린다는 건 상대를 신뢰한다는 말이지."

"그렇군요. 그러고 보니 어느새 제가 아저씨를 신뢰하고 있군요."

까맣고 가느다란 잠자리의 발가락이 노트 속의 글씨 위에서 꼼지락거립니다. 푸른잠자리는 글씨를 자기의 발자국인 줄 알고 깜짝 놀랍니다.

"그런데 아저씬 지금 뭘하고 있는 중이었어요? 그리고 발자국처럼 저를 따라오는 것, 이건 뭐죠?"

"이거? 이건 글씨야, 글씨. 지금 난 글을 쓰고 있는 중이란다."

"글?"

"그래. 말이 아닌 다른 걸로 마음을 드러내는 일."

"마음을 드러낸다구요? 제 발가락과 잘 구별이 되지도 않는 이걸루요?"

푸른잠자리는 이해할 수가 없었습니다. 글이라니? 이런 걸로 마음을 드러낼 수 있다니?

그러나 그 문제는 일단 뒤로 미루기로 했습니다. 단번에 세상의 모든 걸 다 알 수는 없는 법이니까요. 그것보다 지금 푸른잠자리는 자신의 말을 알아들은 인간이 있다는 사실이 가슴 벅찰 뿐입니다.

"그런데 아까 넌 외롭다고 하지 않았니?"

"네."

바로 그것이었습니다. 푸른잠자리의 심중을 꿰뚫어 보는 그는 정말 마음이 열려 있는 모양입니다. 마음이 통하는 사람이 있다는 기쁨에 푸른잠자리는 한순간 비행기에 대한 열등의식도 잊어버린 채 빙빙 날아오릅니다.

# 어떤 외로움

외로움을 느낀 건 어제오늘 일은 아닙니다.

그러나 지금 푸른잠자리가 느끼는 외로움엔 다 이유가 있습니다.

가을이 깊어 가기 때문에 그런 것이라 말하는 이도 있습니다.

그것 역시 틀린 말은 아닙니다. 어제까지 함께 날아다니던 친구들이 사라진 자리에 빨갛게 물든 몸을 가진 잠자리들이 하나씩 늘어나는 것도 사실입니다.

한때 외로움을 잊기 위해 바쁘게 날아다녔던 적이 있었습니다. 외로움도 모르는 채 바쁘게 쏘다니기만 하는 인간을 부러워했기 때문이죠.

"바쁜 건 좋은 거야. 난 사람들을 이해할 수 있어. 바빠야 외롭지 않거든."

그런 말을 한 건 기차였습니다. 늘 사람들과 함께 있어서 그런지 기차는 누구보다 인간의 마음을 잘 이해하고 있다는 자부심을 가지고 있었습니다.

"사람들 중에서도 특히 남자가 더 그래. 안그런 척하지만 남자들이 가장 참기 힘들어 하는 게 바로 외로움이거든. 여자들보다 남자들이 더 바쁜 것만 봐도 알 수 있지. 지난번엔 어떤 술 취한 대학생 녀석이 이런 글을 내 몸뚱어리에다 써 두고 갔던 적도 있어. '가을남자는 방황하고 가을여자는 어머니이다.' 난 내 몸에 낙서를 하는 게 질색이지만 그 글은 왠지 싫질 않더군."

처음 들었던 기차의 음성입니다. 그 동안 너무 빠른 속도로 지나가는 바람에 기차는 꽥, 하는 고함소리 외에 다른 말을 할 시간이 없었습니다.

"바빠야 외롭지 않을 수 있다고?"

"그럼. 외로울 시간이 있어야 외롭지. 내가 알고 있는 시간이란 몇 시에 출발하고, 몇 시까지 다음 역에 도착해야 한다는 것밖엔 없어. 바쁘기 때문이야. 바쁘면 아무 생각도 없어지는 거야. 그러니 외로울 시간이 어디 있겠니?"

―바빠야 외롭지 않다!

그 말을 들은 푸른잠자리는 그때부터 바쁘게 날아다니기 시작했습니다. 외로운 것보단 바쁜 것이 견디기 쉬울 것 같다는 생각 때문입니다.

"푸른잠자리야, 도대체 넌 왜 그렇게 정신없이 날아다니니?"

바쁘게 이쪽저쪽을 날아다니던 푸른잠자리에게 말을 걸어 온 건 까치였습니다. 그날따라 까치는 푸르르, 하늘 위를 날아오르거나 종종걸음 치며 걷지도 않고 가만히 나무 꼭대기에 앉아 하늘만 바라보고 있었습니다.

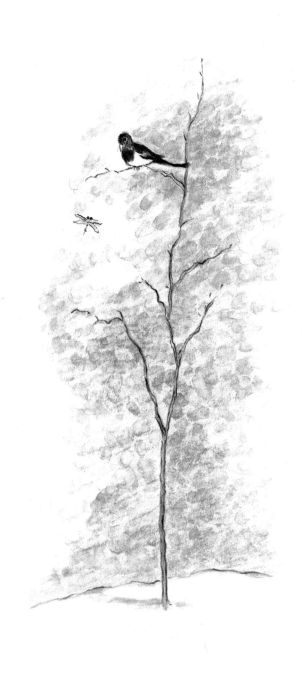

"바빠야 좋으니까요."

"바빠야 좋다니? 그건 무슨 말이니?"

"바쁘면 외로움을 느낄 틈이 없잖아요."

"외로움?"

뭔가 신기한 것을 발견했다는 듯 까치는 고개를 한 번 갸우뚱거려 봅니다.

"까치 아줌만 외로움을 느낀 적이 없으세요?"

"글쎄. 우린 외로움 같은 걸 느낄 필요가 없거든."

"왜요?"

"깍깍거리고 다니기만 해도 외롭지 않은 걸. 모두가 날 반겨주는데 뭐. 나처럼 보람있는 일을 하면 외롭지 않아."

"보람?"

처음 듣는 말이었습니다.

보람있는 일을 하면 외롭지 않다? 바쁘게 날아다니느라 지쳐 있던 잠자리는 솔깃한 표정으로 까치를 봅니다.

"그럼 보람있는 일은 어떻게 하는 건데요?"

"어려운 일은 아냐. 아침마다 사람들의 집 근처로 날아가 깍깍거리고 울기만 하면 되지. 우리 울음을 들은 사람들은 누구나 창문을 열고 기뻐하니까. 반가운 소식이 오겠다고 말이야. 거기서 우린 보람을 느끼는 거지. 하루종일 가슴이 뿌듯해. 그게 우리 일과야. 외로울 필요가 없지, 보람을 느끼게 되면."

비로드처럼 까만 양복을 걸친 까치는 속에 흰 와이셔츠를 받쳐 입었는지 드러낸 배 쪽이 하얗습니다. 자신이 보람있는 일을 하고 있다는 자부심 때문에 으쓱대는 까치가 푸른잠자리는 그렇게 부러울 수가 없습니다.

"그렇지만 전 깍깍거리며 울 수가 없는 걸요?"

"그거야 당연하지. 넌 잠자리지 까치가 아니니까. 깍깍거리며 울 수 있는 생명체는 이 세상에 나밖엔 없어."

까치는 점점 더 자신에 대한 만족으로 으스댑니다. 누구나 그렇게 제 잘난 맛에 살기 마련입니다. 어려움을 겪기 전엔 누구나 고개 숙일 줄을 모르니까요. 이제 막 고개를 숙이는 벼 역시 한여름의 뜨거운 햇살과 긴 장마의 어려움을 겪고 나서야 비로소 겸손을 알게 된 것입니다.

"그럼 어떻게 해야 전 보람있는 일을 할 수 있을까요?"

푸른잠자리는 간절히 까치의 도움을 구해 봅니다. 몸이 견디기 힘들 정도로 바쁘지 않고서도 외로움에서 벗어나고 싶었던 것입니다.

"그건 말이야. 그러니까 결국 그건…… 네 나름대로의 방법을 구해 보는 수밖에 없겠구나. 네가 할 수 있는 일 중에서 말이야. 예컨대……"

좋은 아이디어를 떠올리는 건지 연신 고개를 갸우뚱거리던 까치가 고개를 바로 세운 건 잠시 뒤였습니다.

"그래, 그래. 네가 할 수 있는 좋은 일이 생각났어. 그게 참 좋겠구나. 좋은 생각이야."

날개를 활짝 펴며 까치가 손뼉을 칩니다. 자신에 대한 자부심 때문에 조금 잘난 체를 할망정 결코 까치는 고약한 마음씨를 가진 새는 아닌가 봅니다.

"그러니까 말이야. 네가 할 수 있는 보람있는 일이란 그러니까……."

"뭔데요, 까치 아줌마?"

"넌 날개가 있으니까. 쉽게 이쪽에서 저쪽으로 옮겨갈 수 있거든. 거기다 몸도 가벼우니 꽃 위에 앉을 수도 있고."

"?"

"꽃들의 편지를 날라주는 일을 하면 되겠어. 매일매일 쓰기만 할 뿐 꽃들은 그걸 전할 방법이 없거든."

"꽃들의 우체부가 되라는 말인가요?"

"그래, 얼마나 신나는 일이니? 꽃들의 예쁜 얼굴 위에 앉기도 하고 또 향기도 맡고. 몸이 무거워 난 도저히 그럴 수가 없어."

그렇지 않아도 가을꽃들이 많이 피고 있습니다. 여기저기서 피어나는 꽃들은 땅 속에 박힌 뿌리에 붙들려 가엾게도 나들이 같은 건 생각도 못할 일입니다.

"아, 그렇군요. 그것 참 좋은 생각이군요. 정말 신나는 일이 될 거예요. 그런 일이라면 얼마든지 할 수 있어요."

신이 난 푸른잠자리는 어쩔 줄 모르고 뱅뱅 돌며 허공을 날아오릅니다. 이제야 할 일을 찾았다는 기쁨이 용솟음쳐 날개를 가만 둘 수 없기 때문입니다.

"신나요. 아, 신나!"

"그렇지만 푸른잠자리야. 아무리 좋은 일이더라도 너무 과하게 하진 마라. 나처럼 하루에 한 번씩 아침시간에만 한다거나 그렇게 규칙적인 생활을 하는 게 좋아. 내가 시도 때도 없이 사람들 창가에 가서 깍깍거린다고 생각해 봐. 이내 시끄럽다고 쫓겨나지. 사람들이란 특히 싫증을 잘 내는 동물이거든."

"그럼 어떻게 해요?"

"적당히 여유를 두라는 말이지. 모든 일은 정도껏 해야지 거듭되면 성가신 일이 되기 쉬우니까. 그러기 위해선 너 스스로 사색할 시간도 필요하단다. 나처럼 말이야. 지금 난 저기 저 감나무를 보며 미래에 대한 사색을 하고 있는 중이란다."

"?"

"저 감들이 발갛게 익길 기다리는 거야. 무성한 잎들이 떨어지고 나면 사람들은 익은 감을 따기 위해 나무 위에 올라가게 되지. 그 순간을 위해 난 사색에 잠기는 거란다. 잎이 떨어지고 남은 빈 공간에다 내 사색을 채워 놓을 생각이야. 마음에 여백을 주는 일이지. 행복이란 바로 그런 것이란다. 마음의 여백을 갖는 일. 다가올 즐거운 순간을 기다리는 마음의 여백이 바로 행복이지. 행복이란 결국 기다림의 다른 말이야. 그런 기다림을 위해 사람들은 내가 먹을 홍시를 꼭 남겨 두거든. 까치밥이라는 명분으로 말이야. 아침마다 자신들을 기쁘게 해준 데 대한 보답이지."

철길 건너 야산에 있는 감나무를 까치는 흐뭇한 표정으로 가리킵니다. 하나씩 새로운 건물들이 들어서고 있는 철길 건너는 하루가 다르게 모습이 바뀌고 있습니다.

"그렇지만 저렇게 자꾸 건물들이 들어서면 우린 모두 갈 곳이 없어지게 돼. 해마다 주렁주렁 감이 열리는 감나무도 어느 날 갑자기 잘려 나갈지 모르고."

갑자기 근심어린 표정을 짓던 까치는 톡, 떨어지듯 나무에서 내려와 종종걸음을 칩니다.

"이제 갈게. 꽃들의 우체부 노릇을 잘 해 봐. 그리고 감나무가 잘려 나가지 않도록 기도해 줘. 감나무가 잘려 나가면 난 울고 말 거야. 해마다 난 맛있는 홍시를 먹고 싶거든……"

# 꽃들의 편지

"보람있는 일을 하면 외롭지 않다? 그것 참 좋은 말이구나. 그래서 까치가 시키는 대로 꽃들의 편지를 전해 주는 일을 했니?"

손가락 사이에 있는 연필을 빙그르르 돌리며 남자가 묻습니다. 푸른잠자리는 그러나 멀찌감치 떨어진 나뭇가지에 앉아 눈치만 살필 뿐입니다.

아이 때문이었습니다.

남자는 오늘 웬 여자아이를 데리고 나온 것입니다. 두려움에 찬 표정으로 잠자리는 자꾸 아이의 손을 살피기만 합니다. 혹시 잠자리채를 들고 있는 건 아닌가 하는 우려 때문입니다.

"훌륭한 우체부가 생겨 꽃들이 좋아했겠구나?"

남의 속도 모르고 남자는 자꾸 말을 걸어옵니다. 입을 꼭 다문 채 뭔가를 쓰고 있을 뿐 아이는 잠자리채를 가지고 있는 것 같진 않습니다. 하긴 여자아이들이야 덜하긴 했습니다. 시끄럽게 소리를 지르며 잠자리떼를 좇아왔던 건 대부분 사내아이들이었습니다.

"푸른잠자리야, 왜 대답이 없니? 네가 전해 주는 편지를 꽃들이 좋아하지 않았니?"

"아니요, 좋아했고 말고요."

순간 푸른잠자리는 눈물이 핑 돕니다. 얼마 지난 것도 아닌데 왠지 모든 것이 아련하게 느껴질 뿐입니다.

"푸른잠자리 씨, 당신은 우리에게 정말 필요한 분이에요. 당신이 오기 전에 우린 서쪽에 있는 친구의 소식을 알리면 서풍이 불도록 기다려야 했고, 동쪽에 있는 친구의 소식을 알기 위해선 동풍이 불 때까지 기다릴 수밖엔 없었어요."

꽃들은 그렇게 이구동성으로 잠자리를 반겼습니다.

푸른잠자리가 오기 전까지 꽃들이 전혀 편지를 전하지 못했던 것은 아닙니다. 꽃들의 편지는 인간의 편지와는 달랐기 때문입니다. 까치가 몰랐던 일이지만 꽃들은 향기를 통해 자신의 마음을 전하고 있었던 것입니다.

발이 있는 것도 아닌 향기를 그럼 꽃들은 어떻게 보낼 수 있었을까요?

푸른잠자리가 나서기 전까지 우체부 역할을 했던 건 바람이었습니다.

그렇지만 바람의 역할이란 한계가 있습니다. 연하게 한 화장 같은 향기는 세찬 바람을 싫어하니까요. 향기는 또 멀리까지 갈 수 있을 만큼 몸이 튼튼한 것도 아닙니다. 때로 백 리 밖까지 향기를 전한다 해서 백리향이라 이름 붙은 꽃이 없는 것은 아닙니다만, 향기를 실어 나를 수 있는 바람이란 겨우 미풍 정도입니다.

"그러니까 푸른잠자리 씨, 당신은 우리에게 없어선 안될 분이에요. 우리한테 당신은 장거리 전화 같은 존재예요. 당신이 없을 때 우린 기껏 몇 미터 앞까지밖에 통화되지 않는 전화를 가진 것처럼 불편했어요. 당신은 정말 훌륭한 우체부예요."

꽃들의 찬사에 신바람이 난 푸른잠자리는 사색할 여유를 가지라던 까치의 충고도 잊어버린 채, 밤낮으로 편지 배달하기에 정신이 없었습니다. 이유없이 바빴던 예전과 달리 보람있는 일을 한다는 생각에 피곤한 줄도 몰랐던 거죠.

"그런데 왜 지금은 편지 배달을 그만 둔 거니?"

이제 펴 놓았던 노트를 접으며 남자가 물어 옵니다. 잠자리가 하는 이야길 듣기 위해 그는 쓰고 있던 글까지 멈춘 것입니다. 여전히 입을 꼭 다문 채 아이는 한 마디 소리도 내지 않고 앉아 있을 뿐입니다.

"그건 그러니까, 그러니까……."

불쑥 오렌지코스모스 생각이 납니다. 숨어 있던 열등의식이 다시 가슴을 짓눌러 옵니다. 피하고 싶은 화제인 양 푸른잠자리는 당혹한 표정으로 말머리를 돌립니다.

"그, 그것보다 아, 아저씬 매일 뭘 그렇게? 뭘 그렇게 열심히 쓰시는 거죠?"

"이거?"

살피듯 바라보던 시선을 거둬 들이며 짐짓 시인은 접어 둔 노트를 가리킵니다.

"이건 시란다, 푸른잠자리야. 지금까지 난 시를 쓰고 있었단다."

"시?"

"그래. 화가가 물감을 사용해 그림을 그리듯 시인은 글을 통해 자신을 드러내는 거지."

"시인?"

"그래. 시를 쓰는 사람을 시인이라고 부른단다."

"아저씨도 그럼 시인이군요?"

"그렇다고 할 수 있지. 누가 그렇게 불러 주거나 아니거나간에 난 나를 시인이라 생각하고 있으니까. 이름이란 사실 중요한 게 아니거든."

"그건 또 무슨 말이에요?"

"이름이란 껍데기에 불과한 거니까. 아무도 날 시인이라고 불러 주진 않지만 난 시인이 틀림없단 말이지. 봐, 이렇게 매일 시를 쓰는 것만 봐도 알 수 있잖니?"

그건 그렇습니다. 나날이 약해져 가는 햇살을 느끼며 푸른잠자리가 철길 건너 야산 위를 몇 바퀴 돌고 올 때마다 남자는 언제나 처음의 그 긴 의자에 앉아 시라는 것을 쓰거나 아니면 골똘한 생각에 빠져 있곤 했으니까요.

"그렇다면 아저씨. 나를 위해 시를 하나 써 주세요. 내 마음을 드러낼 수 있는 시 말이에요."

이제 아이에 대한 경계가 풀린 잠자리는 가까운 나뭇가지 위

로 옮겨앉았습니다. 지금 잠자리는 공허한 자신의 마음을 위로받고
싶은 것입니다.

"너를 위한 시를 써 달라고?"

"네."

시인은 조용히 푸른잠자리를 쳐다봅니다. 어디서 불어오는 바
람이 가볍게 나뭇가지를 흔들어 놓고 지나갑니다. 바람에 나뭇잎
이 날리듯 푸른잠자리는 다시 의자 위로 사뿐히 내려앉습니다.

"푸른잠자리야, 네 마음속엔 지금 슬픔이 들어 있구나."

"슬픔?"

"그래, 슬픔. 지금 네 마음에 가득 차 있는 그것. 이슬을 닮았으
면서도 이슬보다 맑은 것, 어린이들이 흘리는 눈물 같은 것 말이
야. 투명한 것, 말끔히 속이 비어 있는 것만이 슬픔이라 불릴 자격
이 있지."

그 순간 푸른잠자리는 다시 오렌지코스모스를 떠올립니다. 오
렌지코스모스를 생각하는 자신의 마음이 바로 그런 것인지 모릅
니다.

편지배달을 그만 둔 것도 다 오렌지코스모스 때문입니다. 그녀
를 생각하면 가슴 한 구석에 물방울이 맺히는 것 같습니다.

심한 열등감 때문에 괴로워하면서도 자꾸만 키워 보던 마음의
물방울. 이런 걸 인간들은 슬픔이라 부르는지 모릅니다.

# 오렌지코스모스

푸른잠자리를 매료시킨 오
렌지코스모스는 좀 특별한 꽃
이었습니다.

아니 꼭 특별하다고 할 순
없을지 모릅니다. 누구나 다 나
름대로의 개성이 있는 것이고,
그 개성을 크게 확대시켜 놓을
때 특별하게 보일 수도 있으니
까요.

바꾸어 말하자면, 오렌지코
스모스는 푸른잠자리에게 특별한 꽃이었습니다. 모든 사물은 관
심과 애정을 가지고 있는 이에게 특별한 존재가 되는 법입니다.
특별하다는 말은 곧 '누군가의 사랑을 받고 있는 존재다' 라는 말
과 다를 바 없는 것입니다.

채 날아가지 않은 이슬을 함초롬히 머금고 있는 그녀를 처음 본 순간, 푸른잠자리는 자신이 삶의 중요한 한 경계에 와 있다는 사실을 느꼈습니다. 그때까지 알지 못했던 삶의 의미 하나를 순간적으로 깨닫게 된 거죠.

─내게 주어진 삶을 소중하게 써야 한다!

왜 그런 말이 떠올랐는지 모릅니다. 누가 그런 말을 한 건지도 모릅니다. 오렌지코스모스를 보는 순간 푸른잠자리의 마음속에서 누군가 그렇게 소리를 질렀을 뿐입니다.

그런 푸른잠자리에게 사랑이란 말을 처음 가르쳐 줬던 이는 단풍나무였습니다.

"난 네 마음을 알 수 있어. 지금 분홍코스모스한테 보내는 내 마음이 너와 같거든. 자꾸만 편지를 보내고 싶은 마음, 끊임없이 그녀의 향기에 취하고 싶은 마음, 생각하면 이유없이 행복해지는 마음, 이런 걸 사랑이라고 해."

단풍나무는 몇 발자국 앞에서 하늘거리고 있는 분홍코스모스를 사랑하고 있었습니다. 눈앞에 있는 상대에게 편지를 전하기 위해 단풍나무는 한시가 멀다 하고 푸른잠자리를 부르곤 했습니다. 움직일 수도 없고 향기도 없는 그로선 아무것도 혼자서 전할 수가 없기 때문입니다.

그렇게 조바심하는 단풍나무를 푸른잠자리는 처음엔 이해하기 힘들었습니다. 도대체 넘어지면 코 닿을 데 있는 상대에게 왜 매일 편지질을 해야만 하는가? 그러나 이젠 상황이 달라졌습니다.

"이제야 너를 이해할 수 있을 것 같아. 코앞에 있는 분홍코스모스에게 왜 그렇게 끝없이 편질 보내야 했던지 말이야."

미안하다는 듯 푸른잠자리가 고개를 숙입니다. 갑자기 바뀐 잠자리의 태도를 본 단풍나무는 기다렸다는 듯 이야기 보따리를 풀어 놓기 시작합니다.

사랑에 빠진 이들은 그렇게 수다스러워지는가요?

오랫동안 가둬 두었던 물줄기가 터지는 것 같았습니다. 스스로의 이야기에 도취된 단풍나무는 시간가는 줄을 모릅니다.

처음 본 순간부터 시작해 분홍코스모스의 마음을 얻기 위해 조바심하는 지금의 심정까지, 숨 돌릴 틈도 없이 이야기에 열중하던 단풍나무는 입 속의 침이 완전히 마르고 나서야 비로소 잠자리의 이야길 들을 자세를 취합니다.

"그래, 이제 내 이야긴 다 끝났어. 지금부턴 네 사연을 들어보자꾸나."

호흡을 가다듬던 푸른잠자리가 꿀꺽 침을 삼킵니다. 그 역시 지금의 마음을 누군가에게 간절히 털어 놓고 싶은 심정입니다.

"오렌지코스모스를 보는 순간 난 왠지 내 삶이 소중하다는 생각을 하게 되었어."

그렇게 해서 푸른잠자리는 단풍나무에게 자신의 마음을 털어 놓았습니다.

"그게 바로 사랑이야. 사랑하는 일이야말로 더없이 값진 일이지. 넌 지금 사랑에 빠진 거야."

푸른잠자리의 말을 듣고 난 단풍나무는 단정적인 어조로 결론부터 내립니다.

"사랑?"

"그래, 사랑! 사랑 말이야. 지금까지 느껴 보지 못했던 행복감

을 넌 이제 오렌지코스모스를 통해 얻게 될 거야. 사랑만이 우릴
취하게 할 수 있어!"

정말 취하기라도 한 듯 단풍나무는 이제 지나가는 바람에 우
수수, 이파리를 날리며 가지까지 흔들어 댑니다.

사랑이라니? 아, 사랑에 빠진 거라니?

푸른잠자리는 갑자기 자신의 심장이 쿵쿵거리며 악기소리를
내는 것을 느낍니다.

"사랑만이 우릴 행복하게 할 수 있어. 그렇지만 조심해. 언제나 사랑이 행복을 주는 건 아니니까. 때로 심한 안타까움에 빠지게 하는 것도 사랑이지. 나처럼 이렇게 시시각각 애태우면서 말이야."

갑자기 단풍나무의 목소리가 불안하게 흔들립니다. 흔들던 가지를 곧추세운 그는 뚫어져라 분홍코스모스 쪽을 쳐다봅니다.

그런 단풍나무의 마음을 아는지 모르는지 분홍코스모스는 긴 목을 하늘거리며 바람과 이야기하고 있을 뿐입니다.

"안타까움이라니? 안타까움이 뭐지? 사랑을 하는데 왜 안타까워야 되는 거지?"

보다 못한 푸른잠자리가 툭, 단풍나무의 가지를 건드리며 주의를 환기시켜 봅니다.

"단풍나무야, 정신차려 봐. 묻는 말에 대답 좀 하라니까."

"안타까움? 그, 그건 말이야. 그러니까…… 그건 사랑의 특성이기도 해."

"사랑의 특성?"

"그래. 누가 누구를 안다는 말은 그 사람의 시간에 몸을 담그는 거니까. 이 말은 어제 한 묶음 코스모스를 꺾어 가던 녀석이 했던 말이지만…… 정말 불한당 같은 녀석이었어. 하마터면 분홍코스모스도 꺾일 뻔했으니까. 제 주제에 어울리지 않는 말을 하며 녀석은 꺾은 꽃을 여자에게 바치더군."

"그 사람의 시간에 몸을 담근다고?"

"그래. 사랑도 그런 거라고 난 생각해. 분홍코스모스의 모든 시간에 나를 담그는 것! 분홍코스모스의 순간 속에 나를 존재하도록 만드는 것! 그것 때문에 난 조바심하는 거지. 한순간이라도 그녀가 나를 잊지 않도록 하기 위해서 말이야."

"그것 때문에 조바심을 해?"

"그래. 남녀간의 사랑이란 뚜껑 열린 향수와 같아서 시간이라는 뚜껑이 열린 뒤엔 자취도 남지 않게 되거든. 그 뚜껑이 열리지 않도록 하기 위해 이렇게 안달하는 거야."

"그럼 난? 난 그럼 어떻게 해야 될까?"

"너도 마찬가지지. 오렌지코스모스의 순간순간마다 네 존재가 비쳐지도록 해야 돼. 사랑하는 사람이 어느 순간 나를 잊고 있다고 생각해 봐. 미칠 지경이지. 그런 걸 바로 안타까움이라고 하는 거야. 네가 진정 오렌지코스모스를 사랑한다면 이러고 있을 시간이 없어. 어서 그녀 곁으로 가는 게 좋아."

어서 오렌지코스모스에게 가 보라며 단풍나무는 이제 푸른잠자리를 떠다밉니다. 단풍나무의 마음은 오직 분홍코스모스를 향한 조바심으로 타 들어가고 있을 뿐입니다.

# 너 없으면 난

그날 이후 푸른잠자리 역시 한시도 오렌지코스모스 곁을 떠나지 않으려 노력했습니다. 그녀의 작은 눈빛 하나도 놓치지 않으려 신경을 곤두세우고 날아다닌 것입니다.

"도대체! 제발 나를 좀 자유롭게 놓아 둬!"

그러나 푸른잠자리의 피나는 노력에 대한 오렌지코스모스의 반응은 정말 뜻밖의 것이었습니다.

자유롭게 놓아 두라니?

기가 막힐 노릇이었습니다. 자기를 위해 얼마나 애썼는데, 자기를 행복하게 하기 위해 피나는 노력을 하고 있는 줄도 모르고…….

푸른 하늘이 갑자기 까맣게 타 들어가는 기분이었습니다.

어쩌면 이렇게 남의 마음을 몰라주는 건가. 어쩌면 이렇게 남의 정성을 모를 수가 있단 말인가. 야속한 마음에 푸른잠자리는 가슴이 터질 것만 같았습니다.

"넌 내게 소중한 존재인데. 그래서 난 조금이라도 널 기쁘게 해 주려고 한시도 네 곁을 떠나지 않고 맴돌았는데……."

힘이 쭉 빠진 푸른잠자리가 날개를 늘어뜨리며 중얼거립니다.

"소중한 존재?"

"그래. 넌 정말 내게 가장 소중한 존재야."

"넌 소중한 존재가 정말 어떤 건 줄 알기나 하니?"

"소중한 존재가 어떤 거라니? 바로 너잖아. 바로 너 같은 존재가 소중한 존재잖아."

"기가 막혀서……."

"너 없으면 난, 난……."

울음이 나올 것 같아 푸른잠자리는 더이상 말을 잇지 못합니다.

"울긴. 남자가 바보같이. 못난 모습을 보이는 건 더더욱 싫어!"

바람소리를 내며 휑, 돌아서는 오렌지코스모스의 냉랭한 얼굴. 순간 푸른잠자리는 날아와 꽂히는 비수에 가슴이 찢깁니다.

"제발 나를 이대로 가만 둬. 난 자유롭고 싶단 말이야. 내 일거수일투족을 따라다니는 시선이 참기 힘들어. 부담스럽단 말이야."

청천 벽력 같은 소리였습니다.

뭐가 잘못되었는지? 뭘 잘못했는지? 도대체 알 수가 없어진 잠자리는 맥빠진 표정으로 단풍나무를 찾아갑니다. 사랑의 선배격인 그에게 조언을 받기 위해섭니다.

"난 도대체 알 수가 없어. 내가 뭘 잘못했는지 알 수가 없단 말이야."

단풍나무를 보자마자 푸른잠자리는 참았던 설움이 터져 나옵

니다

"남자가 바보같이 운다며 비웃기까지 했어. 남자는 눈물도 없나. 남자는 울지 말란 법이 어딨어. 대성통곡을 한 것도 아니고 그저 약간 눈물이 비쳤을 뿐인데 말이야."

"그럼 울긴 울었단 말이니?"

"견딜 수가 없었어. 그녀가 날 싫어한다는 생각에 참기가 힘들었어. 그녀를 위해 정말 모든 걸 다 바쳤는데……."

"너무 비관적으로 생각할 건 없어. 오렌지코스모스가 널 싫어한다고 단정할 건 없단 말이지."

"?"

"원래 여자란 그런 거야."

"여자가 그렇다니? 그건 또 무슨 말이니?"

"네가 초보이기 때문에 그렇단 말이지. 새로운 모습을 보여줄 필요가 있어."

"초보? 새로운 모습?"

"새옷을 입고 좀더 멋을 부리고 찾아가는 거야. 지금까지완 전혀 다른 분위기로 이렇게, 이렇게 말이야."

시시각각 분홍코스모스 쪽만 쳐다보며 조바심하던 때와 달리 단풍나무는 이제 제법 경험이 있는 제비라도 되듯 포즈까지 취해 보입니다.

"그래. 네 말대로 해 볼게."

단풍나무의 조언을 따라 푸른잠자리는 정말 새로운 분위기의 옷을 차려입고 오렌지코스모스를 찾아갑니다. 한껏 두근거리는 가슴을 안고 말이죠.

"어머, 푸른잠자리 씨, 몰라보겠네."

정말 신기한 일입니다. 단풍나무의 예상이 그대로 적중했나 봅니다. 잘 차려입은 푸른잠자리를 보자 오렌지코스모스는 반색을 하며 호들갑을 떨었습니다.

"그, 그 말 내게 한 거니?"

생각도 못했던 일에 푸른잠자리는 그만 또 눈물이 나올 것 같습니다. 그깟 일에 남자가 눈물을 흘리다니. 다시 한 번 못난 모습을 보인다는 소리를 들을까 봐 얼른 고개를 돌린 푸른잠자리의 가슴은 그러나 새로운 기대로 두근거릴 뿐입니다.

"그렇잖아도 푸른잠자리 씨가 오길 기다렸어."

이게 무슨 조화입니까. 제발 자기를 자유롭게 놓아 두라고 소리칠 때가 언젠데, 오길 기다렸다니? 단풍나무 말마따나 여잔 정말 다 그런 건가?

"날 기다렸다고?"

"그래. 푸른잠자리 씨가 없으니 너무너무 아쉬웠거드~응. 내 심부름 해 줄 이는 역시 자기밖엔 없어~응."

콧소리가 섞인 말 한 마디에 몸둘 바를 모르는 푸른잠자리 앞으로 불쑥 오렌지코스모스는 한 통의 편지를 내밉니다. 그녀의 달콤한 향기가 스며 있는……

"이, 이거 배달해야 되는 모양이지?"

엉겁결에 편지를 받아 쥔 푸른잠자리는 금세 달려갈 채비부터 취합니다. 다시 오렌지코스모스를 위해 일할 수 있다는 기쁨에 앞뒤를 생각할 겨를이 없는 것입니다.

"응, 배달해 줘. 저기, 저 하늘 높이."

오렌지코스모스의 손가락이 가리키는 하늘 위엔 은빛 날개를 빛내는 비행기 한 대가 떠 있습니다.

"저기 하늘 높이 떠 있는 비행기 아저씨한테 좀 전해 줘."

"비행기?"

"응."

"아니, 비행기한테 보내는 편지란 말이니?"

"응."

꿈꾸듯 아득한 눈길로 비행기를 쳐다보는 오렌지코스모스. 푸른잠자리는 가슴속으로 갑자기 난데없는 불길이 확, 당겨지는 것을 느낍니다.

"그건 안돼!"

"안된다고? 왜?"

"싫어."

"싫다니? 뭐가?"

질투로 파랗게 일어나는 불길을 애써 누르며 푸른잠자리는 좌우로 고개만 흔듭니다.

"좌우간 싫어. 싫단 말이야."

그 순간 오렌지코스모스의 꿈꾸던 눈빛은 발톱처럼 날카롭게 변하며 금세 잠자리의 가슴을 할퀴어 버리고 맙니다.

"흥, 싫으면 그만 둬. 저기까지 날아갈 자신이 없는 모양이지."

"뭐라고?"

"날개면 같은 날갠가 어디. 하긴 그런 날개론 저기까지 날아갈 수도 없을 거야."

기가 막힌 푸른잠자리는 안절부절 못하고 뱅뱅 허공을 맴도니

다. 그럴수록 점점 더 빈정거리기만 하는 오렌지코스모스.

"바보같이 울지를 않나. 흥, 무슨 남자가 저래. 마음만 좁쌀 같아서 그저. 저런 남잘 누가 좋아할까. 난 여유있는 남자가 좋아. 비행기처럼 유유하게 저렇게 좀 높이 날아 봐. 좋아하지 말래도 좋아할 테니까."

다시 홀린 듯 아득한 눈빛이 되어 비행기를 쳐다보는 오렌지코스모스. 충격을 이기지 못한 푸른잠자리는 그만 오렌지코스모스 곁을 떠나고 맙니다.

"흥, 삐쳐서 가면 누가 붙잡기라도 할 줄 아나 보지."

제 풀에 토라져 휑, 고개를 돌리고 마는 오렌지코스모스. 모서리를 돌아가자마자 잠자리는 이내 주저앉고 맙니다. 타오르던 질투도 간 곳 없고 푸른잠자리는 지금 열등의식에 눌려 연기처럼 그저 꺼져 버리고만 싶은 심정입니다.

"왜 그러냐? 푸른잠자리야. 왜 그렇게 허탈한 표정을 짓고 있는 거냐?"

그때 나무 위에서 갑자기 귀에 익은 목소리가 들려 왔습니다.

"누, 누구세요?"

"나야, 나! 벌써 내 목소리까지 잊었구나."

목소리의 주인공은 뜻밖에 매미였습니다. 한동안 소식을 알 수 없던 매미가 막 몸 빛깔을 바꾸기 시작하는 나무 위에서 내려오고 있는 것입니다.

"아니, 매미 아저씨! 여긴 웬일로?"

낙담한 마음으로 주저앉아 있던 잠자리는 갑자기 나타난 매미를 보자 반색을 하며 벌떡 일어섭니다.

"푸른잠자리야, 네게 무슨 일이 있었나 보구나. 옷차림은 훌륭한데 얼굴이 형편없어."

"아, 아저씨……."

마음 약한 잠자리는 여름 한 철을 같이 보냈던 매미를 만나자 울음부터 터뜨립니다. 자신을 이해해 줄 상대를 만나자 그만 설움이 북받쳐 오른 겁니다.

울긴, 남자가 바보같이!

비아냥거리던 오렌지코스모스의 목소리가 귀에 쟁쟁했지만 눈물이 나오는 걸 어떡합니까. 남자라고 울어선 안된다는 법이 어디 있습니까.

남자건 여자건간에 나오는 눈물을 억지로 막을 필요는 없습니다. '남자가 그래선 안된다'는 식의 생각은 역으로, '여자가 뭘 안다고 함부로 나서!' 하는 따위로 바뀌어 나타날 수도 있는 것이니까요.

남자니 여자니 하며 성 그 자체를 특정한 가치의 기준으로 삼는 게 바로 성차별 아니겠습니까. 어쩌면 그런 식의 성차별을 당하기 싫어 푸른잠자리는 그렇게 울음을 터뜨린 건지도 모릅니다.

"그래. 남자도 울 수 있어. 그렇지만 더 울진 마. 울 것까진 없어. 그건 이기심에서 비롯된 감정의 왜곡일 뿐 사랑이 아니니까."

울먹거리는 푸른잠자리의 이야길 듣고 난 매미는 단호하게 결론부터 내립니다.

"그리고 너 역시 마찬가지지. 그렇게 잘 차려입었다고 사랑을 얻을 수 있을 것이라 생각했니? 그렇게 해서 얻어질 수 있는 건 진정한 사랑이 아니야. 사랑은 그렇게 밖으로 드러나는 것에 의해

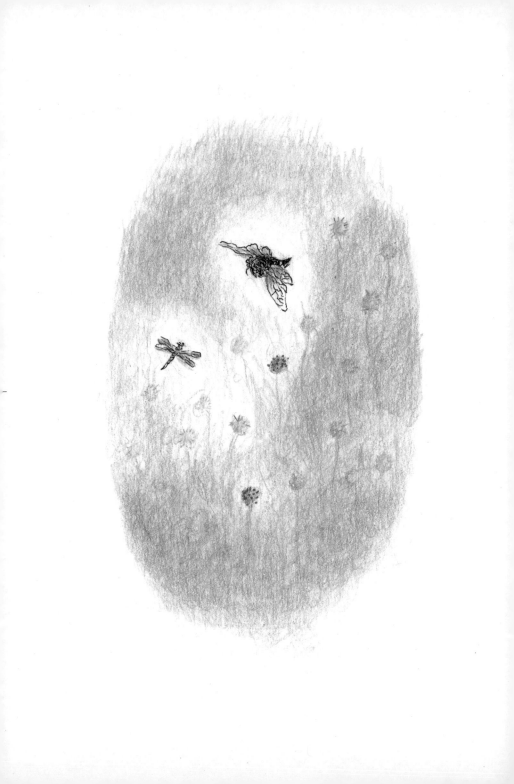

얻어질 수 있는 게 아니란다."

매미는 날카롭게 잠자리의 잘못을 지적합니다. 하기야 평소의 옷차림만 봐도 그렇습니다. 마치 세속과 인연을 끊은 수행자처럼 매미는 한 번도 검은 색 외에 다른 옷을 걸친 적이 없습니다.

"그렇지만 전 지금 마음이 너무 급한 걸요. 오렌지코스모스의 눈빛 하나하나에 희망과 절망이 교차되는 걸요."

그렇듯 응석을 부릴 수 있었던 건 매미에 대한 신뢰 때문입니다. 집안의 큰 형님 같은 매미에게만은 가식없는 자신의 마음을 털어 놓고 싶었던 거죠.

"그렇지만 참아야 돼. 모든 일엔 인내가 필요한 거니까. 생각나는 대로 행동할 때 그 생각은 충동이 될 뿐이야. 가슴속에 떠오르는 생각을 누를 수 있는 힘이 바로 인내지. 오랜 세월을 땅 속에서 보낸 매미들은 그걸 알아. 인내는 결국 고통을 견디는 힘이라고 할 수 있어. 모든 결과는 충동에 의해 깨어지고 인내에 의해 완성되는 거야."

마치 학생을 타이르는 교사처럼 잠자리를 바라보던 매미는 고개를 들어 잠깐 하늘을 쳐다본 뒤 갑자기 갈 곳이 있다는 듯 날개를 펴 듭니다.

"아, 아니, 벌써 가시려고요?"

"그래."

"오랜만에 만났는데 벌써요? 요즘은 아저씨 노랫소리도 통 들을 수 없었는데."

지난 여름 매미는 열심히 노래만 불렀습니다. 나뭇가지에 붙어 줄기차게 노래 부르던 매미는 그러나 대중의 인기에 연연하는 가

수라기보다 엄숙한 철학자 같았습니다. 머릿속 생각을 통해 삶의 의미를 찾아내는 철학자.

"가을이 깊어 가니 준비할 게 많아. 그래서 너랑 한가하게 이야기하고 있을 여유가 없구나."

"준비라니? 무슨 준비요?"

"새로운 삶을 맞이할 준비."

"네?"

"네가 힘들 때 곁에 있어주지 못해서 미안하다. 그렇지만 어차피 그 일은 너 스스로 처리해야 할 일이란다. 자, 그럼 안녕! 한 번쯤 더 만날 수 있을진 모르겠다만……."

미처 붙잡을 틈도 없이 매미는 하늘 한쪽으로 휙, 날아가 버리고 맙니다. 매미의 속도를 따라갈 수 없는 푸른잠자리는 고개를 갸우뚱거리며 한동안 생각에 빠집니다.

"새로운 삶을 맞이할 준비를 한다? 도대체 그건 무슨 말이지?"

# 찬별

잠자리의 이야기를 듣고 있던 시인이 철길 쪽을 봅니다. 쪼르르, 언덕 쪽으로 달려간 아이는 무엇 때문인지 바닥에 귀를 대고 엎드려 있습니다.

"또 기차가 오는 모양이야."

"네?"

어디서도 기차가 올 낌새는 없습니다. 의아한 생각에 푸른잠자리는 하늘 높이 올라가 봅니다.

"아닌데요?"

"기다려 봐. 기찬 지금 산모퉁이를 돌고 있을 거야."

시인 말이 맞습니다. 채 몇 분도 지나지 않아 모습을 드러낸 기차는 지축을 흔들며 달려옵니다.

"아니, 어떻게 기차가 오는 것을?"

"예민해서 그렇단다. 저 아인 특별한 감각을 가졌어."

"특별한 감각?"

"그래. 저 아인 인간의 말을 싫어하지. 대신 또다른 감각이 발달했어."

무슨 뜻인지 쉽게 이해가 가지 않는 말입니다. 손을 뻗은 시인은 아이가 펼쳐 놓은 노트를 집어듭니다.

"인간의 말은 이미 생명을 잃어버렸어. 울림이 없는 건 말이 아니라 단순한 소리일 뿐이지. 말 대신 마음을 드러내기 위해 저 아이 역시 글을 쓰고 있는 중이야."

잠자리 발가락을 닮은 글씨들이 꼼지락거리며 아이의 노트 속을 기어가고 있습니다.

"이 아인 말을 못한단다. 아니 말을 못한다는 표현은 맞지 않구나. 이 아인 이렇게 손으로 말을 하지. 우리가 마음으로 대화를 하는 것처럼."

"네? 손으로 말을 한다구요?"

그제야 아이가 줄곧 침묵하고 있던 이유를 알 것 같습니다. 아이는 어느새 아빠 곁에 앉아 있습니다. 아이를 쓰다듬는 시인의 손길 위로 햇살 같은 사랑이 반짝거립니다.

"이 아인 인간의 말을 혐오하고 있어. 울림이 없는 인간의 말 대신 침묵을 선택했으니까. 어느 날 문득 아이가 말을 하지 않는다는 사실을 깨달은 우린 결국 수화를 배울 수밖에 없었어."

시인의 얼굴에 어려 있던 그늘이 자신에게 옮겨오는 걸 느끼며 잠자리는 놀란 표정으로 아이를 쳐다봅니다. 그 순간 아이의 맑은 눈빛이 서늘하게 잠자리의 가슴에 와 닿습니다.

"아!"

아이의 시선과 닿는 순간 푸른잠자리는 갑자기 찌릿하게 전기가 오는 듯한 느낌을 받습니다. 맑은 아이의 영혼이 순식간에 잠자리의 마음속으로 들어온 것입니다. 가슴을 적셔 놓는 물줄기처럼 푸른잠자리는 돌연 아이가 하는 수화를 깨달아 버립니다.

"이젠 음악소리가 그쳤어, 아빠. 저쪽 건널목이 노래를 부르고 있었던가 봐."

아이는 그렇게 말했습니다. 움직이는 아이의 손을 지켜보던 시인의 손가락도 따라 움직이기 시작합니다. 미묘하지만 분명한 표정을 가진 동작입니다.

"알겠어요. 아, 알아듣겠어요. 두 분이 하는 수화를 알아듣겠어요."

"알겠니? 이제 찬별이의 영혼을 알아본 셈이구나."

"찬별?"

"그래. 이 아이의 이름이지. 날씨가 차가운 날 별은 더 맑게 보이는 법이니까."

솜털 보송보송한 얼굴 위로 햇살을 받고 있는 아이의 귀가 아빠의 입술을 따라 쫑긋거립니다. 인간의 아이가 이렇게 예쁠 수가 있다니. 늘 쫓겨다니느라 제대로 아이들 얼굴을 보지 못했던 잠자리는 비로소 발견한 아이의 아름다움에 감탄을 금치 못합니다.

"푸른잠자리야, 너를 위한 시를 써 달라고 그랬지?"

아이에게 몰두해 있는 푸른잠자리를 향해 시인은 불쑥 종이 한 장을 내밉니다. 제 입으로 원해 놓고도 정작 잠자리는 잊고 있던 일입니다.

"아, 아저씨. 그런 사소한 약속을 잊지 않으시고……"

"아무리 사소한 것이라도 약속은 지켜야 해. 약속은 숨은 인격을 드러내는 거니까."

"인격을 드러낸다구요?"

"그래. 약속이란 서로의 인격을 담보로 하지."

"인격을 담보로?"

"인간의 말이 생명을 잃어버린 건 바로 약속을 지키지 않았기 때문이야. 남발해 놓곤 지키지 않은 헛된 약속들이 인간의 말을 공허하게 만든 거지. 그럼 너를 위해 지은 시를 낭송해 볼까?"

그 말을 들은 푸른잠자리는 갑자기 삶의 환희를 느낍니다. 텅 비어 있던 마음을 채워 주는 환희. 잊어버리기 쉬운 작은 약속 하나가 이렇게 큰 기쁨을 주다니……

슬픔이 번질 땐 눈 감으렴
눈 감으면 슬픈 세상 안보이니까
눈 감고 생각으로 하늘을 나렴
슬픔은 날개가 없으니까……

시를 읽기 위해 걸어 나오는 시인의 다리를 보는 순간, 푸른 잠자리는 문득 개나리나무가 이야기해 준 사연 하나를 떠올립니다. 꽃들의 편지를 배달하던 시절 들었던 이야기입니다.

"밤이 되면 사람들은 저기 북쪽을 향해 방송을 한단다."

강가에 휘늘어져 있던 개나리나무는 잊혀지지 않는 사연이라며 그 이야길 꺼냈습니다. 강을 따라 '자유로'라는 큰길이 누워 있고, 더 올라가면 임진각이 나오는 북쪽을 향해 개나리나무는 손가락을 쳐들었습니다.

"방송? 그게 뭔데?"

"멀리다 대고 소리지르는 거야."

"왜?"

"알 게 뭐야. 바보 같은 짓이지. 한밤중에 잠이 다 깨도록 떠들어대니 누가 좋아하겠어. 그 소리 때문에 때로는 후두둑, 꽃들이 다 떨어져 버릴 때도 있는데 말이야."

"하긴 인간이란 그렇게 바보 같은 짓거리만 해댈 때가 많아. 그냥 우리가 이해하는 수밖엔 없는 거지 뭐……."

여름내 자기를 좇아다니던 인간의 아이들이 생각나자, 잠자리는 한 번 볼멘 소리를 해 봅니다.

"어느 비오는 봄밤이었어."

아이들이 휘젓고 다니던 잠자리채를 떠올리는 푸른잠자리와 달리 개나리나무는 지그시 눈을 감으며 포즈를 취합니다.

"그때 난 반짝이는 별 같은 노란 꽃들을 가지가 휘도록 달고 있었지."

"?"

"한창 피어나던 개나리들이 그놈의 방송 때문에 후두둑, 떨어져 강물에 떠내려 가곤 했어. 마이크라는 걸 사용해 고래고래 고함을 질러대니 놀란 꽃잎들이야 그럴 만도 하지."

"역시 인간들은 자기밖에 몰라. 밤중에 꽃잎이 다 떨어질 정도로 크게 소릴 지르다니, 원……."

"그런데 한 번은 방송이 끝났는가 싶었는데 갑자기 웬 낯선 목소리가 들려 왔어. 남자였어. 방송은 언제나 틀에 박힌 여자 목소리였거든. 잠을 청하던 개나리들의 귀가 일제히 쫑긋 열리며 그쪽으로 향했지."

"웬 사람?"

졸음이 달아난 푸른잠자리는 이제 개나리나무의 이야기에 적극적인 관심을 갖습니다.

"다리를 저는 남자였어."

"다리를 저는 남자?"

"그래. 처음엔 다리를 저는 게 이상해서 유심히 봤지. 그런 사람은 처음 봤거든. 절룩거리며 강변에 선 남자가 입에다 두 손을 모으고 마이크 흉내를 내는 거야."

"흉내? 어떻게?"

개나리나무는 이제 남자의 흉내를 내기 위해 두 손을 모으며 소릴 지릅니다.

—신도시 주민 여러분! 신도시 주민 여러분!

지금 강가엔 개나리가 피고 있습니다. 여러분들 귀엔 잘 들리지 않겠지만 제 귀엔 지금 개나리 피는 소리가 들리고 있습니다. 어둠을 뚫고 피어나는 개나리의 선명한 노랑이 또렷한 목소리로 제 귀에 대고 소릴 지르고 있습니다.

네? 개나리 피는 게 뭐 그리 대단한 일이냐구요?

대단합니다. 집 한 칸 없어도 잘 살고 있는 개나리들이 저는 대단하게 느껴집니다. 집도 없이, 하루아침에 정들었던 일터에서까지 쫓겨나 버린 저 같은 사람한테 개나리들은 충분히 부러움의 대상이 될 만합니다.

뭐라구요? 술 취한 건 아니냐구요?

네, 맞습니다. 취한 건 사실입니다. 전 지금 술 마시지 않곤 배겨나지 못할 정도로 답답하고 불안한 심정이니까요.

하긴 여러분한테 이런 이야길 한들 무슨 소용이 있겠습니까. 사지가 멀쩡한 사람도 쫓겨나는 판국에 다리도 성치 않은 저 같은 장애자가 쫓겨나는 건 어쩌면 당연한 일인지도 모르지요.

그래요, 화제를 바꾸어 보지요.

며칠 전 주머닐 톡톡 털어 튤립 몇 송이를 샀습니다. 빨강과 노랑으로 각각 두 송이씩.

왠지 그걸 보고 있으면 행복한 기분이 들 것 같아 사 본 거죠. 행복해지고 싶어 밤중에도 꽃 앞에 앉아 있곤 했으니까요.

튤립이 햇빛이 들면 꽃봉오리를 펼치고 밤이면 봉오리를 닫는다는 사실을 이번에야 전 알았습니다. 한밤의 어둠 속에서 꽃은 오도카니, 노랗거나 빨간 그 예쁜 꽃잎들을 오므리고 있더라구요. 튤립의 생리를 나이 서른 훨씬 넘겨 이제서야 알게 된 겁니다.

돌이켜 보니 지금까지의 내 삶이 이렇게 튤립 한 송이를 얻기 위한 것이 아닌가 하는 생각이 들더군요. 튤립의 생리를 깨닫기까지 이렇게 많은 시간을 보내왔구나 하는 깨달음 말입니다.

아내 생각이 나더군요. 돈 벌어 오겠다고 가출해 버린 아내 말입니다. 아내도 더 견딜 수가 없었겠죠. 무능한 남편에다 하나밖에 없는 딸애까지 자폐증을 앓고 있었으니……

그런 아내를 이해하지 못하는 건 아닙니다. 그렇지만 세상일이 이해한다고 해서 해결이 납니까, 어디……. 생각할수록 앞만 캄캄해지는 일이죠. 그래서 이렇게 술을 먹게 된 겁니다. 터질 것같이 답답한 가슴을 어떻게 할 수가 없어서 말입니다.

하기야 이런 판국에 튤립의 봉오리가 열리고 닫히고가 뭐 중요한 일이겠습니까. 그러나 난 그렇게 생각하질 않아요. 중요합니다. 제겐 이게 정말 중요한 일이란 말입니다.

네? 아직 정신을 못차렸다구요? 시끄러우니 집에 가서 잠이나 자라구요?

그래요, 가야죠. 가서 자는 아이나 봐야죠.

봄비가 오는군요. 내일 아침이면 강변 가득 개나리들이 아우성을 치겠군요…….

시인은 이제 먼 하늘을 쳐다보고 있습니다. 옛날 생각에 빠져 있던 잠자리는 화들짝 놀라는 표정으로 주위를 둘러 봅니다.

어느새 아빠 곁을 떠난 아이가 언덕 위로 달려가고 있습니다. 기차가 지나가면 아이는 또 단풍잎 같은 손을 흔들겠죠.

그러나 기차는 여전히 꽥, 하는 소리만 질러댈 뿐 정신없이 지나가고 말 것입니다. 다음 역에 도착할 시간만 있을 뿐 기차의 시간표엔 손 흔들 시간 따윈 없을 테니까요.

그날, 하늘을 맴돌던 푸른잠자리는 아이의 손을 잡고 돌아가는 시인의 절룩거리는 다리를 오랫동안 지켜보고 있었습니다.

# 내 속의 강

— 엄마, 보세요.

이 이야길 들으면 엄만 아마 성낼 거예요. 엄만 지금도 아빨 사랑할 테니까.

어제 아빤 손을 데었어요. 라면을 끓이다가요. 국물이 너무 뜨거웠나 봐요.

그리고 엄마가 알면 또 화낼 일 있어요.

통장을 깼거든요. 내가 아기 때 넣던 그 교육보험인가 하는 통장 말예요.

그렇지만 아빨 미워하진 마세요. 요새 우린 한동안 라면만 먹었 거든요. 취직이 되면 아빤 다시 통장을 만들어 준다고 하셨어요.

이제 그만 돌아오세요, 엄마. 돈 안벌어도 괜찮아요. 통장을 깨면 아빠가 돈이 생긴다고 했으니까요.

빨리 오세요, 엄마. 보고 싶어요······.

찬별은 또 땅바닥에 귀를 대고 엎드려 있습니다.

기차가 지나갔는데도 왜 저러지?

푸른잠자리는 자꾸만 바닥에 엎드리는 찬별이 이상하게 느껴집니다. 지나가는 기차를 향해 손을 흔들고 난 뒤에도 찬별은 다시 땅바닥에 귀를 댄 채 무슨 소리를 듣고 있는 것입니다.

"넌 왜 그렇게 자꾸 땅바닥에 귀를 대는 거니?"

엎드려 있는 찬별에게 잠자리가 묻습니다. 찬별의 시선은 이미 사라지고 보이지 않는 기차의 꽁무니를 따라가고 있습니다.

"그렇게 기차소리가 좋아?"

"아니야, 그건."

부지런한 찬별의 손이 잠자리의 질문에 답합니다.

"그럼 왜?"

순간적으로 찬별의 눈에 그렁거리며 이슬이 맺힙니다.

"엄마 때문에……."

"뭐? 엄마 때문이라고?"

"응."

푸른잠자리는 얼른 이해가 되질 않습니다. 엄마 때문이라니? 엄마 때문에 땅바닥에 귀를 댄다니?

"엄마 때문에 땅바닥에 귀를 댄다니? 도대체 무슨 말이니?"

"엄마가 보고 싶어서 그런단 말이야."

그렁거리던 눈물방울이 또르르, 뺨 위로 굴러 떨어집니다. 뜻밖의 반응에 깜짝 놀란 잠자리가 찬별의 어깨 위로 내려앉습니다.

"엄마가 보고 싶으면 그렇게 땅바닥에 귀를 대어야 하는 거니?"

"엄만 기찰 타고 떠났으니까."

"뭐?"

"이 길로 엄만 기차를 타고 갔어. 그래서 엄마가 보고 싶을 땐 땅바닥에 귀 대고 기차소릴 듣는 거야."

슬픈 듯 천천히 움직이는 찬별의 손을 보고 있던 푸른잠자리의 눈에도 어느새 그렁그렁 이슬이 맺힙니다.

엄마!

듣기만 해도 눈물나는 이름입니다.

얼굴도 모르는 엄마가 그리워 눈물 흘리던 때가 잠자리에게도 있었습니다. 엄마와 함께 가는 아이들을 보고 얼마나 인간을 부러워했는지 모릅니다. 그런데 지금 엄마 없는 아이를 만난 것입니다. 인간들 세상에도 엄마 없는 아이가 있는 것입니다.

"엄마! 엄마!"

어느 날 푸른잠자리는 큰 소리로 엄마라는 이름을 불렀습니다.

"엄마! 엄마!"

푸른잠자리가 부르는 소리에 가지 끝에 앉아 있던 밀잠자리 한 마리가 고개를 듭니다.

"뭐? 날 보고 엄마라고?"

"네."

푸른잠자리의 간절한 눈빛이 밀잠자리를 향합니다.

"내가 왜 네 엄마니? 넌 장수잠자리지 밀잠자리가 아니잖아?"

황갈색 몸을 하고 있던 밀잠자리가 고개를 갸우뚱거리며 말합니다.

"알아요. 그렇지만······."

"알면서 왜?"

"한 번만 엄마라고 불러 보면 안될까요? 소원이에요. 한 번만 엄마라고 부르게 해 주세요."

"난 네 엄마가 아닌데도?"

"엄마가 그리워서 그래요. 너무 엄마라는 이름이 불러 보고 싶어 그래요."

세상에 나와 눈을 뜬 순간 이미 날아가 버리고 없던 엄마. 사실 제 어미를 알고 있는 잠자리는 세상 어디에도 없습니다.

곰곰이 생각에 잠겨 있던 밀잠자리는 이윽고 고개를 끄덕이며 푸른잠자리의 청을 허락합니다.

"정 그러고 싶다면 그렇게 하거라."

"고맙습니다. 고마워요. 어, 엄마……."

그렇게 해서 한동안 밀잠자리를 엄마라 부르며 따라 다니기도 했습니다. 엄마에 대한 그리움을 그런 식으로라도 달래보고 싶었던 것입니다.

잠자리는 이제 왜 그렇게 찬별이 자꾸 땅바닥에 엎드렸던가를 알았습니다. 찬별인 지금 간절하게 엄마를 그리워하고 있는 것입니다.

"음악소릴 듣고서도 사람들은 왜 마음을 열지 않지, 아빠?"

가까이 온 시인을 향해 찬별의 손이 말을 합니다.

"어디서 또 음악소리가 들리니?"

쥐고 있던 노트를 감추며 시인은 찬별을 바라봅니다. 찬별이 쓴 편지를 읽은 건지 시인의 눈엔 어느새 눈물이 달려 있습니다.

"또 건널목이 노래 부르고 있는 건 아닐까?"

"아니야. 이번엔 하모니카 소리야."

"하모니카 소리?"

푸른잠자리와 시인은 동시에 귀를 쫑긋거려 봅니다. 그러나 아무 소리도 들리는 건 없습니다.

"찬별이한테만 들리는 소릴 거야. 찬별인 특별한 감각을 가졌으니까. 때로 찬별인 신기한 일들을 해서 날 놀라게 하지. 한 번은 찬별이 목소릴 들었던 적도 있어."

"네? 찬별인 소리를 못내잖아요?"

"그렇지. 하지만 목소릴 들었던 건 사실이야. 한동안 술만 마시던 시절 그런 일을 겪었어. 날 이렇게 만든 세상, 내 딸의 엄마를 떠나게 하고 내 딸을 불행하게 만든 세상을 결코 용서하지 못하던 시절에."

"?"

"잠든 찬별일 보고 있는데 어디서 또록또록한 목소리 하나가 들려 왔어. 어둠속이었지. 순간적으로 난 그게 찬별이 소리라고 느꼈어. 아이가 목소리를 낼 것이라 상상했던 것도 아닌데 말이야."

시인의 눈에 달려 있던 눈물은 이제 지나가는 바람이 훔쳐 가 버렸는지 보이질 않습니다.

"아빠, 강을 보세요! 찬별인 그때 그렇게 내게 말했어."

"강을 보라고요?"

"손으로 말하는 수화가 아니었어. 그건 분명하고 또록또록한 소리였어. 그때 비로소 난 아이가 말을 하지 못하는 것이 아니라 안하는 것이란 생각을 하게 되었지. 태어날 때부터 소릴 내지 못했던 건 아니니까. 어느 날 갑자기 우린 아이가 전혀 소릴 내지 않는다는 사실을 발견했어. 어쩌면 아이는 그때 이미 아무런 울림도 주지 않는 말들, 진실하지 못해 생명을 상실해 버린 인간의 말들을 버려야겠다고 생각했던 건지도 몰라. 물론 그건 나 혼자만의 생각이지만……."

이제 시인은 꿈꾸듯 아득한 눈빛을 하고 있습니다.

"그날부터 밤만 되면 강을 보러 나갔지. 개나리가 피는 봄날이었어."

다시 푸른잠자리는 개나리나무에게 들었던 이야기를 떠올립니다.

"밤마다 강에 나가 소리소리 지르며 울분을 토하곤 했어."

"강에 나가 소릴 질렀다면? 그럼 정말 아저씨가?"

"알고 있었니?"

"네."

푸른잠자리는 이제 밤마다 봉오리를 닫는 튤립을 떠올립니다. 튤립의 생리를 알기까지 그렇게 많은 시간을 보내야 했다고 말했던 사내가 바로 시인인 것입니다.

"그렇게 고통스러워 하던 어느 날 갑작스런 깨달음이 찾아왔어. 강을 보라고 하던 찬별의 말이 문득 가슴에 와 닿았던 거야.

흐르는 강을 보며 곰곰이 생각했지. 내가 아무리 소리소리 질러도 강은 묵묵히 흐르고 있더군. 비로소 나는 내 스스로를 들여다보기 시작한 거야.

놀랍게 그 속에도 강이 흐르고 있더군. 그때까지 보지 못했던 내 속의 강 말이야. 잔물결에 흔들려도 강 깊은 곳엔 변하지 않는

흐름이 있듯 내 속에도 그런 흐름이 있더군. 갑자기 난 잃어버린 어린 시절의 꿈을 떠올렸지.

그때부터 다시 시를 쓰기 시작했어. 잃어버린 꿈, 그건 바로 시를 쓰는 일이었으니까. 글로 마음을 드러내는 일……"

푸른잠자리는 이제 찬별의 눈앞을 날아오릅니다. 더없이 맑고 신비한 찬별의 시선이 잠자리의 눈과 마주칩니다.

"꽃나무는 죽으면 어디로 가, 아빠?"

갑자기 찬별은 엉뚱한 질문을 던집니다.

"꽃나무? 응, 글쎄, 나무는 죽으면…… 그냥 버리게 되는 거지."

허공을 맴도는 잠자리를 쳐다보며 시인이 대답합니다.

"아니야, 나무는 죽으면 사람이 된대."

"사람? 그건 누가 가르쳐 준 거니?"

"응. 그건 그냥 내 생각이야."

"네 생각?"

"응. 별이 떨어지면 사람이 죽은 거라고 엄마가 얘기했어. 그래서 그런 거야."

"그럴까?"

"맞아. 엄만 꽃이 피면 좋은 소식이 있을 거라는 얘기도 했는데?"

"좋은 소식?"

"응. 꽃이 피면 다시 아빠가 일자릴 얻을 거라고 했어."

시인의 표정이 다시 어두워집니다. 이제 일자리를 구할 가능성은 희박합니다. 실업자가 백만이 넘는다는데 새삼 어디서 일자리가 나오겠습니까.

깨뜨린 통장을 밑천으로 시인은 이제 장사를 시작해 볼 생각입니다. 그러기 위해선 찬별과 헤어져야 합니다. 멀리 가야 하기 때문입니다. 그런 시인의 마음을 모르는 찬별은 통장을 깨면 돈이 생기고, 돈이 생기면 엄마가 돌아올지 모른다고 생각하는 것입니다.

"찬별아, 아빠 말이야……."

돈 벌어 올 때까지 헤어져 있어야 한다는 말을 차마 꺼낼 수가 없습니다. 엄마도 없는 아이를 두고 가야 할 시인의 마음은 걷잡을 수 없이 흔들리기만 합니다. 고모네도 형편이 어렵긴 마찬가지지만 당분간 아이를 거기 맡겨 둘 생각입니다.

"우리 엄말 찾아 줘!"

갑자기 찬별이 잠자리에게 말합니다. 평소와 달리 강하고 재빠른 손놀림입니다. 고모 이야기를 꺼내려던 시인이 놀란 듯 아이를 쳐다봅니다. 채 말뜻을 알아채지 못한 잠자리는 시인과 찬별을 번갈아 볼 뿐입니다.

"넌 높이 올라갈 수 있으니 울 엄말 찾을 수 있잖아. 하늘에 올라가면 다 보일 테니까."

그제서야 잠자리는 찬별의 말뜻을 알아차립니다.

"아니야. 아니, 그건 아니야. 난 높이 올라가지 못해. 높이 날아갈 수가 없단 말이야……."

당황한 잠자리가 고개를 내젓습니다. 바위같이 무거운 것이 갑자기 가슴을 눌러 옵니다.

높이 올라간다는 말을 듣는 순간 비행기 생각이 난 것입니다. 숨었던 열등감이 다시 전신을 휘감아 옵니다. 곤두박질 치는 바람에 찢겼던 날개 한쪽이 잊고 있던 고통을 호소합니다. 비행기만큼 높이 올라갈 수 없다는 열등의식에 푸른잠자리는 이제 스스로의 비행능력까지 불신하고 있는 것입니다.

"아니야, 너 정도면 충분해. 넌 날개를 가지고 있잖아. 저 산보다 넌 더 높이 올라갈 수도 있을 텐데 뭐."

찬별이 가리키는 곳에 야산 하나가 보입니다. 그리 높진 않지만 아담하고 푸른 산입니다.

찬별의 격려를 받은 잠자리는 힐끗 산을 쳐다봅니다. 하기야 저 산 정도야 못오를 리가 있겠습니까. 구름 위를 날아가는 비행기야 따라잡지 못했지만 저런 야산 정도야 하루에도 몇 번씩 오르락내리락 하지 않았습니까. 계속되는 찬별의 격려에 힘입은 푸른잠자리는 새로운 용기를 내기 위해 호흡을 가다듬어 봅니다.

# 푸른 하늘 모퉁이

잠자리는 이제 찬별이 엄마를 찾기 위해 동분서주하고 있습니다.

"파란 옷을 입고 있었어. 모자를 쓰고 말이야. 철길 위로 날아가다 발견한 사람인데……."

좀 특별한 사람이 눈에 띄기만 해도 푸른잠자리는 잽싸게 날아와 찬별의 엄마가 아닌가 물어 보곤 합니다.

"파란 옷 입은 사람? 어떻게 생겼는데?"

"모자를 쓰고 있었어. 망치를 들고 레일을 두드려 보기도 하고 갑자기 발로 침목(枕木)을 툭툭, 차기도 하고 그랬어."

"모자?"

"응. 옷 색깔과 같은 파란 모자."

"아냐. 우리 엄만 모자 같은 건 안써."

잠자리는 다시 날아갔습니다. 잠자리를 기다리며 찬별은 기차가 지나갈 때마다 손을 흔들고 있습니다.

"이번엔 틀림없이 여자야. 치마를 입고 있었으니까. 손엔 작은 책자 하나씩을 들고 있었어."

푸른잠자리는 그때까지 인간의 남자와 여자를 잘 구별할 줄 몰랐습니다. 치마를 입고 있는 건 다 여자라는 새로운 사실을 알게 된 잠자리는 이제 치마 입은 사람만 좇아다닌 모양입니다.

"작은 책을 들고 있어?"

"응. 두 사람이 항상 같이 다니는 걸 보고 따라가 봤지. 그 중에 한 여자가 네 엄마일지도 모르니까 말이야."

"맞아. 우리 엄만 동화책을 잘 읽어 줬어."

책 이야기가 나오자 찬별은 기쁜 듯 바쁘게 손가락을 움직여 말합니다.

"엄만 내가 좋아하는 이야긴 다 외우고 있는 걸 뭐."

"그렇지만 그 사람들은 동화 같은 걸 읽진 않았어."

"그럼?"

"집집마다 다니며 인터폰을 눌렀어."

"왜?"

"기쁜 소식을 전해 주기 위해서."

"기쁜 소식?"

"응. 그 사람들이 그랬어. 곧 심판의 날이 온다고. 나쁜 사람들은 왼쪽으로, 그리고 좋은 사람들은 오른쪽에다 세워 놓는다고 했어. 왼쪽 사람들은 다 죽고 오른쪽 사람들만 살아남는 거지. 오른쪽에 설 수 있는 기쁜 소식을 알려 주려고 그 여자들은 바쁘게 다니는 거야."

"심판이 뭔데?"

"나쁜 사람과 좋은 사람을 가려내는 대회인가 봐."

"대회?"

"운동회 같은 것 말이야."

"그럼 울 엄마가 운동회에 갔단 말이야?"

"그래. 그것 때문에 바빠서 널 잊어버린 건지도 모르잖아. 두 사람 중에 빼빼 마른 여자가 네 엄마일 것 같아."

"그건 왜?"

"그 여자가 네 아빨 부르고 있었으니까."

"우리 아빨 불러?"

"틀림없어. 아버지, 아버지 하고 울부짖으며 말이야."

찬별은 얼른 판단을 할 수가 없습니다. 아버지한테 수건 좀 갖다 드려라 하고 심부름을 시킬 때 엄만 간혹 아버지라는 말을 쓰기도 했으니까요.

"그렇지만 울 엄만 아닌 것 같은데?"

"왜?"

"울 엄만 오른쪽에 서는 건 기쁜 소식이라고 생각 안해. 기쁜 소식은 아빠가 새 일자릴 얻는 것뿐이라고 했어."

하기야 찬별의 엄마가 아닐지도 모릅니다. 그 사람들은 사실 아무것도 모르는 사람들이기 때문입니다. 그렇게 하늘을 날아다녔지만 잠자린 아직 그들이 하느님, 하느님 하고 불러 대던 하느님이란 존재를 한 번도 만나보지 못한 것입니다. 모르긴 해도 아마 그 사람들 실력으론 하느님 찾기가 그리 쉽지 않을 것 같습니다.

수도 없이 오르락내리락 하면서도 푸른잠자리는 힘든 줄을 모

릅니다. 머릿속에는 다만 찬별을 도와야 한다는 생각뿐. 어쩌면
꽃들의 우체부 노릇하던 때가 지금과 비슷했습니다. 그때 역시 보
람있는 일을 한다는 생각에 힘든 줄을 몰랐으니까요.

예전 일을 떠올리자 다시 오렌지코스모스 생각이 납니다. 그녀
가 있는 쪽을 피하려고 애써 먼길을 돌아가곤 하면서도 머릿속엔
여전히 그녀 생각이 남아 있습니다.

"혹시 찬별이 엄마 아니세요? 혹시? 혹시? 혹시?……"

잠자리는 이제 만나는 사람마다 무작정 물어 보기로 작정합니
다. 찬별이 얘기해 준 외모만으론 도대체 누가 누군지 알아볼 수
가 없기 때문입니다.

그러나 사람들은,

'아직도 잠자리가 있네?'

아니면,

'무슨 놈의 잠자리가 사람한테 달려들어?'

이런 식으로 푸른잠자리를 내칠 뿐입니다. 하기야 말도 통하지
않는 사람들을 나무랄 수만도 없는 노릇이죠.

그렇게 답답한 심정으로 여기저기를 기웃거리던 어느 날 팔랑
거리며 날아가는 나비를 만났습니다. 너무나 오랜만에 본 나비입
니다. 그간의 안부가 궁금했던 잠자리는 앞서가는 나비를 따라 바
쁘게 날아갔습니다.

나비가 날아간 곳은 엉뚱하게 비행장이었습니다.

"네 이름은 뭐니?"

막 활주로에 내려앉는 비행기를 향해 나비는 다짜고짜 그렇게
이름부터 묻기 시작합니다. 비행기의 커다란 몸집을 아랑곳하지

않는 당돌한 태도였습니다.

그런 나비와 달리 잠자리는 깜짝 놀라 날개가 움츠려들 지경입니다. 가까이서 처음 본 비행기였기 때문입니다. 비행기가 이렇게 클 줄 몰랐습니다. 과연 오렌지코스모스가 동경의 눈길을 보낼만큼 비행기는 거대하고 당당한 모습입니다.

'오렌지코스모스가 저 애를 좋아하고 있다'라고 생각하는 순간 푸른잠자리는 온몸의 피가 거꾸로 솟구치듯 격렬한 질투를 느낍니다. 그러나 곧이어, '저 애한테 비하면 난 왜소하기 짝이 없어'라는 생각과 함께 치솟던 질투는 간 데 없고 잠자리는 이내 슬픈 생각에 빠집니다.

빈정거리는 오렌지코스모스의 목소리가 커다랗게 확대되며 가슴을 짓누릅니다. 은빛 날개를 빛내고 있는 저 당당한 모습. 여유를 부리고 있지만 나비 또한 간신히 찍어 놓은 점만큼이나 왜소하게 느껴질 뿐입니다.

"네 이름이 뭐냐니깐?"

그러나 열등감에 주눅드는 잠자리와 달리 나비는 독촉이라도 하듯 큰 목소리로 다시 비행기의 이름을 묻습니다.

"난 보잉 747 비행기야."

"보잉 747 비행기? 넌 참 우스운 이름을 가지고 있구나."

금세라도 깔깔거리며 웃음을 터뜨릴 듯 손뼉까지 쳐대는 나비. 그런 나비를 잠자리는 혹시 머리가 이상해진 건 아닌가? 걱정스럽게 바라봅니다.

"그런데 넌 무슨 일을 하는 거니?"

"내 몸 속엔 많은 사람들이 타고 있어. 그러니까 사람들이 가고 싶은 곳으로 데려다 주는 일을 하고 있어. 그런데 넌?"

정말 비행기의 몸 속에는 많은 사람들이 타고 있었습니다. 저 애는 사람들까지 토해 낼 수 있구나! 비행기에서 나오는 사람들을 보며 잠자리는 그런 생각을 합니다.

"난 나비야. 꽃이 피는 것을 도와주고 있지. 그런데 네 피부는 왜 이렇게 딱딱한 거니?"

"난 기계야, 기계니까 그렇지. 기계들은 다 피부가 딱딱한 거야."

"기계?"

"그래. 사람이 조종하는 기계."

"그럼 넌 생명이 없단 말이니?"

"생명?"

"그래. 나처럼 날아가고 싶을 때 마음대로 날아갈 수 있는 자유 말이야. 그런 걸 생명이라고 해."

갑자기 나비는 가엾다는 표정을 지으며 비행기를 쳐다봅니다. 울상이 된 비행기의 음성이 잠자리한테까지 들려 옵니다.

"그래. 난 자유가 없어. 사람들의 명령이 없으면 꼼짝도 할 수 없어."

"그렇구나. 넌 네 마음대로 날아갈 수 없는 기계였구나. 넌 참 불쌍하구나!"

이제야 알았다는 듯 나비가 다시 손뼉을 쳐대며 하늘로 날아 오릅니다. 잠자리 역시 깜짝 놀라 따라 오릅니다.

"생명이란 자유로운 거다! 생명이 없는 것은 아름답지 않다. 아름다운 것은 모두 살아 있는 것이다!"

날아오르며 나비는 커다랗게 소리를 질렀습니다. 순간적으로 깨달은 게 있었던 모양입니다. 갑자기 가슴이 울렁거렸습니다. 푸른잠자리는 그 순간 저 역시 살아 있는 생명체란 사실을 깨달았던 것입니다. 잠자리는 갑자기 터질 것 같은 환희에 휩싸입니다.

"나는 살아 있는 생명체다! 내겐 자유가 있다! 그러므로 나는 내 뜻대로 살아갈 수가 있다!"

자신을 짓누르고 있던 열등의식이 한꺼번에 날아가 버리는 순간이었습니다. 나비처럼 커다란 소리를 내며 잠자리 역시 손뼉을 쳐댔습니다. 엄청난 폭음을 내며 날아오를 뿐, 비행기는 기껏 쇳덩어리에 지나지 않는 기계였던 것입니다.

"기계한테 열등의식을 느껴 그렇게 괴로워했다니!"

그 순간 다시 오렌지코스모스 생각이 났습니다. 황급히 날개를 움직여 푸른잠자리는 공중 높이 날아오릅니다. 어서 오렌지코스모스에게 이 사실을 알려야겠다는 생각이 갑자기 마음을 바쁘게 한 것입니다.

그러나 잠자리는 그때 다시 새로운 갈등과 만나게 될 줄 모르고 있었습니다. 삶이란 그렇게 새로운 갈등을 맞이했다간 보내고, 맞이했다간 보내고 하는 일의 반복인 줄 까맣게 모르고 있었던 것입니다.

# 서리가 오기 전에

당장에 오렌지코스모스를 향해 달려갈 것 같던 푸른잠자리는 이내 마음을 바꿔 먹습니다.

실망하는 그녀 모습을 보고 싶지 않기 때문입니다.

비행기가 살아 있는 생명체가 아니라는 사실을 안다면 그녀는 얼마나 실망하겠습니까.

순진한 한 여자의 꿈을 깨뜨려 놓지 말자는 생각으로 푸른잠자리는 날개를 멈춘 것입니다.

"저건 뭐지? 저 늙은 나무가 주렁주렁 달고 있는 저것 말이야."

다시 찬별의 엄마를 찾기 위해 날아다니던 잠자리의 눈에 색다른 풍경 하나가 들어왔습니다. 고개를 갸우뚱거리며 잠자리는 늙은 나무의 가지 위로 내려앉습니다.

"나무 할아버지, 뭘 그렇게 주렁주렁 손에 들고 계신 거죠?"

"그렇게 날아다니면서도 넌 지금까지 이게 뭔지도 몰랐단 말이니?"

마치 질문을 기다리기라도 했다는 듯 늙은 나무는 자랑스러운 표정으로 쑥, 가슴을 내밉니다.

"미안해요, 할아버지. 제 눈엔 오늘에야 할아버지의 달라진 모습이 보였어요."

"그건 네가 그만큼 내게 관심이 없기 때문이야. 난 날아다니는 모습을 보며 네가 벌써 힘이 빠지기 시작하는구나 생각했는데. 매일 조금씩 맥을 잃어 가는 햇살처럼 말이야."

"제가요? 제가 힘이 빠져 보여요?"

"그럴 때가 가까워 왔어. 난 알고 있지. 옛날 내 팔뚝에 지금보다 훨씬 많은 사과가 달리던 그 시절부터 반복되던 일이니까."

"사과?"

"그래. 지금 네가 신기하게 보는 이걸 인간들은 사과라고 부르지. 그들이 가장 좋아하는 열매가 바로 이거야. 한 입에 베어먹긴 너무 커서 인간들은 이걸 토막토막 잘라서 먹곤 해. 옛날에, 아주 옛날엔 말이야. 해마다 난 지금보다 훨씬 많은 사과들을 팔뚝마다 주렁주렁 달곤 했었다. 마치 빛나는 훈장 같았지. 추운 겨울을 견디고 봄에 꽃을 피워낸 뒤, 작살 같은 여름햇살을 견뎌낸 나무들만이 달 수 있는 훈장 말이야."

옛날을 회상하듯 늙은 나무는 아련한 표정을 짓습니다. 그러나 그런 표정도 잠시, 갑자기 나무는 안타깝다는 얼굴을 하며 중얼거립니다.

"하기야 겨울이니 봄이니 하는 계절들을 넌 잘 기억할 수도 없겠지만······."

금세 쯧쯧쯧, 혀 차는 소리라도 날 것 같습니다. 동정하듯 바라보는 사과나무의 시선.

누군가에게 동정을 받는다는 건 결코 좋은 일이 아닙니다. 묘한 기분이 된 푸른잠자리는 이제 나무 꼭대기로 올라갑니다. 하긴 너무 낮아서 꼭대기라고 할 수도 없는 높이지만. 무엇 때문인지 사과나무의 키는 위로 자라지 못하고 평평하게 옆으로만 퍼져 있는 것입니다.

"봄에 꽃을 피운다면 그럼 할아버지도 나비의 도움을 받으셨겠군요?"

"그럼. 나비랑 벌이랑 올해는 몇 년 동안 찾아오지 않던 그 놈들이 찾는 걸 보고 내 이럴 줄 알았지. 이렇게 열매가 달릴 줄 알았단 말이다. 봐, 난 아직도 열매를 맺을 수 있는 젊은 사과나무란 말이야. 너도 이제 내게 할아버지란 말을 쓰지 않았으면 좋겠구나."

보란 듯이 사과나무는 쑥, 팔을 뻗어 보입니다. 그 바람에 가지에 매달려 있던 작은 사과들이 딸랑거리는 방울처럼 요란스레 몸을 떱니다. 그 순간 잠자리는 사과나무가 왠지 열등의식에 빠져 있다는 느낌을 받습니다.

"그만 두세요, 할아버지. 열매가 다 떨어지겠어요."

"그 참, 할아버지라고 부르지 말라니깐."

"알았어요, 사과나무 할······ 아니 사과나무 아저씨. 그건 그렇고 어떻게 아저씬 제가 힘을 잃을 때가 가까워 왔다고 생각하시는 거죠?"

"그건 과거의 경험 때문이야. 경험이란 중요한 거지. 늙은이들은, 아니 난 늙은이가 아니지만. 좌우간 나처럼 나이가 들면 경험을 통해서 삶을 보게 되지. 내 열매에 붉은 빛깔이 돌 때쯤 많은 잠자리들이 힘을 잃기 시작한다는 사실을 경험으로 난 알고 있단 말이야."

다시 사과나무가 측은하다는 표정을 짓습니다. 자존심이 상할 대로 상한 푸른잠자리는 그만 나무 꼭대기에서 내려와 빙글빙글 돌며 자신의 힘을 과시해 보입니다.

"그건 잘못된 생각이에요. 사과나무 할, 아니 사과나무 아저씨. 난 이렇게 힘이 있는 걸요. 그리고 아저씨 열매엔 아직 붉은 빛이 돌지 않아요. 토막토막 잘라서 먹을 만큼 크지도 않고요."

잠자리의 볼멘 소리가 사과나무를 향해 날아갑니다. 사과나무 가지에 달려 있는 열매들은 사실 어설프고 푸르스름할 뿐입니다.

"아, 그건 아직. 그건 아직 말이야……."

그제서야 사과나무는 당황한 표정을 짓습니다. 잠자리의 볼멘 소리를 들은 열매들은 이제 겨우 자두알만큼씩 커진 얼굴을 감추며 부끄러워 어쩔 줄 모릅니다.

"그건, 그건 아직 덜 익었기 때문이야. 다 익으면 달라질 거야. 틀림없어. 그건 틀림없는 사실이야."

손을 내저으며 변명하는 바람에 열매 하나가 툭 떨어집니다. 떨어진 열매를 따라 후두둑, 몇 개의 열매가 더 떨어질 움직임을 보입니다. 깜짝 놀란 사과나무는 이제 꼼짝도 못하고 가지를 웅크릴 뿐입니다.

"그것 봐요, 할아버지. 아니 할아버지가 싫다면 아저씨라고 불러 드릴 게요. 괜히 열매만 떨어졌잖아요. 떨어진 열매를 다시 주울 수 없다는 것쯤은 저도 알아요. 잠자리채에 채여 바닥에 떨어진 잠자리들이 다시 하늘을 날 수 없는 것처럼 말예요. 어쨌거나 아저씨에게 더없이 소중한 게 열매라는 사실을 알았으니 됐어요."

"그, 그래. 그렇지만 서리가 내리기 전 트, 틀림없이 내 열매들은 붉은 빛깔을 띤 먹음직한 사과가 될 거야. 올 여름 햇살을 제대로 못받아서 그럴 뿐이야. 내 탓이 아니야. 그건, 그건 다 저 게으른 태양 때문이란 말이야."

그래도 사과나무는 계속 변명을 하고 싶은가 봅니다. 태양 때문이라니? 태양이 게으르다니? 그건 말도 안되는 소리입니다.

날마다 정확한 시간에 일어나고 잠자리에 드는 태양만큼 성실하기란 사실 쉽지 않은데 말입니다.

"그런 말 마세요, 아저씨. 올 여름 해님이 얼마나 부지런히 움직였는데요. 지금은 몰라도 해질 무렵엔 정말 그렇게 말해선 안돼요."

해가 중천에 높이 떠 있는 시간인 게 다행입니다. 석양 무렵에 하는 말은 자칫 태양이 들을 수도 있기 때문입니다. 휴식을 위해 고도를 낮추는 잠자리처럼 태양 역시 하루에 한 번 고도를 낮춰 땅 가까이 내려오기 때문입니다.

"좌우간 서리가 내리기 전 붉고 큰 열매들이 될 거야. 난 아직 젊은 사과나무이니까."

누가 뺏아가기라도 할 듯 사과나무는 가지를 다 벌려 열매를

싸안고 있습니다. 그런 사과나무의 모습은 왠지 욕심 많은 인간의 모습을 닮았습니다.

"도대체 서리가 뭐예요? 비처럼 땅을 적시는 건가요?"

그제야 푸른잠자리는 서리에 대해 물어 봅니다. 서리란 비처럼 하늘에서 내리는 건가? 이슬비나 가랑비 또는 실비나 소낙비 같은 비의 종류인가?

올 여름 만났던 비의 이름을 하나하나 떠올리며 푸른잠자리는 서리 역시 비의 한 종류일 것이라 상상합니다.

"서리란 하나의 신호야. 겨울이 가까이 오고 있다는 신호 말이야. 서리가 내리고 나면 머지않아 겨울이 오는 거지. 나처럼 경험 많은 이들만 알고 있는 사실이야, 그건. 저기 저 한해살이풀들은 모르고 있는 일이지. 결코 서리가 올 때까지 날아다닐 수 있는 잠자리는 없어."

한결 풀이 죽었지만 그래도 사과나무는 끝내 아는 체하는 버릇을 버리고 싶진 않은 모양입니다.

"뭐라구요? 서리가 올 때까지 날아다닐 수 있는 잠자리가 없다구요?"

"그래. 서리가 오기 전에 잠자리들은 다 이 세상을 떠난단 말이다."

"네?"

잘 이해가 되지 않는 소리였습니다. 이 세상을 떠나다니? 이 세상을 떠나 어디로 또 갈 곳이 있단 말인가? 넓은 하늘을 날아다녀 봤지만, 푸른잠자리의 눈엔 이 세상 외에 다른 세상이 비친 적이 없는데.

"이 세상을 떠난다니? 그럼 대체 어디로 간단 말이에요?"

"죽는다는 말이다, 그건. 생명이 끝난다는 말이야. 설령 서리가 오기 전까지 살아 있다 해도 서리를 맞고선 더 배겨낼 재간이 없어. 날개가 다 젖어 버릴 테니까. 몸이 무거워 날 수도 없을 거고, 그게 바로 죽는 거야."

"생명이 끝난다구요?"

"그래."

"아니, 그럼 자유를 잃어버린단 말인가요?"

깜짝 놀란 푸른잠자리는 푸르르, 날개를 떨며 소리쳤습니다.

"그런 건 모르겠다. 애당초 내겐 자유라는 건 없었으니까. 한번 땅에 뿌리를 내리면 나무들은 움직일 수가 없어. 자유라는 건 내게 이쪽에서 저쪽으로 옮겨갈 수 있는 움직임 외엔 아무런 의미도 없는 거야."

"그, 그럼……."

"서리가 오기 전에 넌 아마 생명이 다할 거야. 이건 내가 하는 말이 아냐. 내 오랜 경험이 들려주는 말이지."

충격적인 이야기였습니다. 그 순간 나비가 했던 말이 머리를 치고 지나갔습니다.

—생명이 없는 것은 아름답지 않다! 아름다운 것은 모두 살아 있는 것이다!

갑자기 날개에 기운이 쑥 빠져 버립니다. 비행기를 따라가다 절망하던 때처럼 푸른잠자리는 순식간에 바닥을 향해 곤두박질 치고 맙니다. 그런 푸른잠자리를 지켜보던 사과나무는 다시 원기를 회복합니다.

"그렇지만 난 괜찮아. 머리 가득 서리를 이고 있었던 적도 있으니까. 그뿐인가, 어디. 겨울이면 쏟아지는 눈을 맞았던 적도 많아. 온몸에 하얗게 눈을 덮어쓰고 있었지. 얼어붙거나 좀 축축하긴 했지만 아무런 문제가 없었어. 그것만 봐도 내가 얼마나 젊었는지 알 수 있을 거야."

쑥, 팔뚝이라도 내밀 듯 사과나무는 금세 자랑스런 표정을 짓습니다. 남보다 잘났다는 생각이 들면 좋아지는 기분은 숨어 있는 열등의식 때문인지 모릅니다.

생명이 다한다니? 죽어서 이 세상을 떠난다니?

그러나 푸른잠자리의 귀엔 더이상 사과나무의 소리가 들리질 않습니다. 반복해서 같은 말만 귓속을 울릴 뿐. 새로 생긴 물방울 하나가 잠자리의 가슴을 적셔 놓는 순간입니다

# 물방울 하나

"그럼 아무도 울 엄마가 있는 곳을 모르는구나."

실망한 표정을 지으며 찬별이 말합니다. 슬픈 듯 천천히 움직이는 찬별의 손가락을 보는 푸른잠자리의 가슴속으론 다시 물방울 하나가 돋아납니다.

"정말 찾아다닐 만큼 많이 찾아다녔어."

잠자리의 목소리에 풀이 죽어 있습니다. 갈수록 자신이 없어지는 것입니다. 이러다간 정말 찬별의 엄말 찾기도 전에 서리가 내릴지도 모른다는 불안이 점점 세력을 넓혀 가고 있습니다.

"그렇지만 희망을 잃진 마. 내가 더 열심히 찾아볼게."

실망하는 찬별이 안타까워 잠자리는 다시 날개를 펴며 일어섭니다. 이제 갈수록 자꾸 힘이 빠지는 걸 느낍니다. 길가의 돌멩이 위에라도 내려앉고 싶을 때가 많습니다. 시인 역시 초조하게 서성거릴 뿐 요즘들어 시 쓰는 모습 보기가 쉽지 않습니다.

"우리 엄만 노래를 잘 불렀어."

혼잣말을 하듯 손가락을 움직이던 찬별이 철길 쪽으로 걸어갑니다. 누렇게 잔디가 말라 가고 있습니다. 가을은 이제 깊을 대로 깊어진 모양입니다. 땅바닥에 귀를 댄 찬별이 잠자리에게 수화를 보냅니다.

"엄마가 불러 주던 자장가 소리가 들려."

잠자리는 얼른 찬별의 말을 이해하지 못해 어리둥절한 표정을 짓습니다.

"난 엄마의 입만 봐도 노래하는 걸 알 수 있어. 노래할 때 엄만 입을 크게 벌리거든. 그리고 이렇게 귀를 대고 있으면 다 들려. 땅이 내 가슴에다 쿵쿵거리는 소릴 보내 주는데 뭐."

푸른잠자리의 가슴에 돋아나던 물방울이 쨍그랑, 접시 깨어지는 소릴 냅니다. 아픈 마음을 싸안고 잠자리는 날아오르기 위해 다시 일어섭니다.

"더 찾아볼게. 이번엔 그럼 안가던 쪽으로 한번 가보고 올게."

엎드려 있는 찬별을 향해 날개를 흔든 잠자리는 다시 허공으로 날아오릅니다. 단풍나무가 있는 쪽으로 한번 가볼 생각입니다. 오렌지코스모스 생각 때문에 한동안 다니지 않던 길입니다.

"이게 무슨 소리지?"

옛날 생각을 하며 날아가던 푸른잠자리는 갑자기 고도를 낮춰 내려갑니다. 어디서 울음소리가 들려왔기 때문입니다.

"아니, 단풍나무가?"

흐느끼고 있는 건 뜻밖에 단풍나무였습니다. 대낮부터 술에 취한 건지 얼굴이 빨개진 단풍나무가 뚝뚝, 눈물을 흘리고 서 있는

것입니다.

"왜 그러는 거니? 단풍나무야. 왜 이렇게 울고 있는 거니?"

그 동안 찾아보지 못한 친구에게 미안한 마음이 앞선 푸른잠자리는 얼른 가지에 앉으며 말을 건넵니다.

"미안해, 단풍나무야. 내가 너무 무심했던 것 같아. 그 동안 네 편지도 제대로 전해주지 못하고……."

그 동안 한 번도 편지를 배달해 주지 못했다는 데 생각이 미치자, 푸른잠자리는 정말 미안함에 몸둘 바를 모릅니다. 시시각각 타는 마음을 전하지 못해 안달하는 그를 누구보다 잘 알고 있으면서도 말입니다.

"필요없어. 이젠 다 필요없어. 편지고 뭐고 다 필요없게 됐다고!"

가지 위로 내려앉은 잠자리에게 단풍나무는 손을 내저으며 울부짖습니다. 그 바람에 우수수, 소릴 내며 단풍잎들이 떨어집니다. 단풍나무의 발 밑엔 이미 빨갛게 물든 단풍잎들이 수북이 쌓여 있습니다.

"아, 아니, 단풍나무야. 왜 그러는 거니? 진정해. 내가 잘못했어. 진정해."

"이 판국에 진정이고 뭐고가 어딨어! 분홍코스모스가, 분홍코스모스가……."

단풍나무는 이제 엉엉, 소리를 내어 울기 시작합니다.

분홍코스모스에게 무슨 일이 일어났단 말인가? 얼른 고개를 돌려 푸른잠자리는 분홍코스모스를 쳐다봅니다.

"윽!"

그 순간 저도 모르게 푸른잠자리는 외마디 소릴 지르고 맙니다. 아무것도 눈에 보이는 것이 없는 것입니다. 늘 그 자리에 서서 긴 목을 하늘거리고 있던 분홍코스모스의 청순한 모습이 흔적도 없이 사라져 버린 것입니다.

"아니? 이게 도대체 어떻게 된 일이니? 도대체 이게 어떻게 된 일이야?"

이번엔 깜짝 놀란 푸른잠자리가 흔들어 대는 바람에 단풍잎 몇 장이 더 떨어집니다.

"그 미친 녀석이, 그 미친 녀석이 와서 꺾어 가 버렸어. 제 여자에게 주기 위해 그 미친 녀석이 분홍코스모스를……."

푸른잠자리는 금세 상황을 짐작했습니다. 한 사랑의 사치를 위해 또다른 사랑 하나가 희생된 것입니다.

함부로 죄없는 꽃을 꺾어 가다니!

치솟는 울분을 삭이지 못해 씩씩거리던 푸른잠자리는 그러나 순간, 머릿속을 스치는 불길한 생각에 호흡이 정지되는 듯한 불안에 휩싸입니다.

"아니, 그럼 혹시? 그럼 혹시?"

오렌지코스모스 생각이 난 것입니다. 오렌지코스모스 또한 분홍코스모스 못지 않게 인간들이 탐낼 만한 미모를 가지고 있다고 평소 푸른잠자리는 생각해 왔었으니까요.

"단풍나무야, 미안해. 잠깐만, 잠깐만 다녀올 데가 있어. 잠깐만……."

날개를 거꾸로 단 듯 허겁지겁 푸른잠자리가 날아간 곳은 오렌지코스모스가 있는 자리입니다.

"아니, 푸른잠자리 씨. 왜 이렇게 늦게 오셨어요? 왜? 왜?"

푸른잠자리를 보자 일제히 소릴 지른 건 길가의 잡초들이었습니다. 취로사업 나온 아줌마들처럼 뽀얗게 먼지를 덮어쓰고 있는 잡초들 뒤로 벌겋게 맨몸을 드러내고 있는 황토를 보는 순간 잠자리는 눈앞이 캄캄해졌습니다.

"아, 아니 이게 도대체? 도대체 이게? 이게 어떻게 된 일이야?"

푸른잠자리는 망연자실 할말을 잊어버립니다. 보여야 할 오렌지코스모스의 모습이 어디에도 보이질 않는 것입니다.

"포크레인이 그랬어요. 포크레인! 인간들이 조종하는 기계 말예요. 하마터면 우리도 다 뽑혀 나갈 뻔했어요. 아니, 내일이면 우리도 뽑혀 나갈지 몰라요. 포크레인이 오렌지코스모스를 뿌리째 갈아 엎어버렸어요. 그 동안 그 애가 얼마나 푸른잠자리 씨를 기다렸는데……"

"저, 저를 기다렸다고요?"

"그럼요, 어쩜 그렇게도 여자의 마음을 몰라주세요?"

"그건 또 무슨?"

"그렇게 푸른잠자리 씰 보내고 나서 그 애가 얼마나 서운해했는데요."

"서운해 하다니요? 비행기한테 편지 배달을 하지 않는다고 토라졌었는데?"

"기가 막혀! 푸른잠자리 씬 정말 답답한 분이시군요. 그 애가 어디 편지 보낼 데가 없어 비행기 같은 쇳덩어리한테 편질 보내겠어요?"

새로운 사실을 알게 된 잠자리는 이제 그 자리에 주저앉고 맙니다. 뺨 위론 주르르, 눈물이 흘러내렸습니다. 비행기가 살아 있는 생명체가 아니라는 사실을 오렌지코스모스는 잠자리보다 먼저 알고 있었던 것입니다.

"정말 그녀가 절 기다렸단 말입니까?"

"정말이구 말구요."

"그럼 그땐 왜 그렇게 쌀쌀맞게 굴었을까요?"

"몰라도 너무 모르시는군요. 여잔 다 그래요. 그렇게 튕기는 걸 그 앤 자존심이라고 생각하고 있었던 거예요."

기가 막힌 푸른잠자리는 이제 날개를 뻗대고 흐느끼기 시작합니다. 열등의식에 시달렸던 스스로가 그렇게 어리석게 느껴질 수가 없습니다.

"화무십일홍이라고 한번 핀 꽃은 지게 마련이지. 그렇게 슬퍼울 것까진 없다."

그때, 울고 있는 잠자리를 놀리듯 누가 천연덕스럽게 말을 건네왔습니다. 깜짝 놀란 푸른잠자리는 소리나는 곳을 쳐다봅니다. 먼지를 덮어쓰고 있는 잡초 사이로 누군가 잠자리를 쳐다보고 있는 시선이 있습니다.

"누, 누구세요?"

울먹거리는 목소리로 잠자리가 묻습니다.

"누구긴? 이젠 정말 내 목소릴 완전히 잊어버렸구나?"

소리 임자는 뜻밖에 매미였습니다. 푸른잠자리가 곤경에 빠질 때마다 나타나던 매미. 그런 매미가 잡초 사이에 누운 채 잠자리를 보고 있는 것입니다.

"아니, 아저씨? 매미 아저씨가?"

"왜? 아직까지 살아 있는 게 신기하냐?"

"아, 아니에요, 매미 아저씨. 새로운 삶을 준비하신다며 떠나셨잖아요?"

"그래. 새로운 삶을 준비했지. 이젠 그 준비도 끝났어."

"준비가 끝났다고요?"

흐르는 눈물을 닦으며 잠자리는 매미를 쳐다봅니다.

"그래. 누구나 새롭게 준비한 삶을 위해 떠나야 하는 거지. 오렌지코스모스도 마찬가지야. 그러니 너무 슬퍼할 건 없다."

"네?"

"원래 삶이란 죽음에 의해 완성되는 거란다."

"그건 또 무슨 말씀이세요?"

"오랫동안 땅 속에서 세월을 보냈기 때문에 누구보다 난 죽음에 대해 잘 알지. 죽은 것들은 대체로 땅 속에 묻히거든."

그 말은 사실입니다. 무려 6년이란 세월을 땅 속에서 보낸 뒤비로소 성충이 된 매미의 이력을 곤충사회에선 모르는 이가 없습니다.

"땅 속에 있는 우리들을 인간들은 굼벵이란 이름으로 멸시하곤 하지. 그렇지만 자그마치 17년 동안이나 땅 속에서 굼벵이 생활을 하는 매미가 있다는 걸 알면 아무리 인간이라도 놀라고 말걸. 그런 고생 끝에 성충이 된 뒤 지상에서 우리가 누릴 수 있는 수명이 얼마인 줄 아니?"

"?"

"평균 2주 정도. 길어야 3주를 넘지 못하지. 거기 비하면 난 장수한 셈이야. 친구들이 죽는 걸 처음 봤을 땐 나도 너처럼 소리쳐

울기만 했어. 한여름 내내 울어대는 매미들은 다 그런 사연을 가지고 있는 거야."

눈물을 흘리면서도 푸른잠자리는 매미의 말에 귀 기울입니다. 철학자 같은 매미의 입에서 혹시 오렌지코스모스를 살려낼 방법이 나오지는 않을까 하는 엉뚱한 기대를 가지고 말입니다.

"만약에 죽지 않고 영원히 살 수 있다면 어떻게 될까? 그건 일종의 재앙이야. 보기 싫은 자를 영원히 봐야 한다고 생각해 봐. 그것만 해도 괴로운 일이지. 너 역시 거미줄만 보면 진저리가 나잖아. 이름만 들어도 끔찍한 거미를 영원히 봐야 한다고 생각해 봐. 그래도 더 살고 싶은 생각이 들까?"

정말 생각하기도 싫을 정도로 끔찍한 일입니다. 거미 생각을 하는 순간 푸른잠자리는 진저리를 칩니다.

"그런 재앙을 방지하기 위해 자연은 죽음이란 안전장치를 만들어 둔 거야. 죽음을 통해 우린 모든 낡은 것들로부터 벗어날 수 있으니까. 그러니 죽음 앞에서 그렇게 슬퍼할 필요가 없어. 어차피 너나 나나 다 죽음을 맞이하게 돼. 죽음엔 예외가 없어."

"그, 그럼 사과나무는요? 사과나무도 죽게 되나요?"

죽는다는 말을 처음 가르쳐준 사과나무가 떠올라 잠자리는 그것부터 물어 봅니다. 사과나무는 자신만은 영원히 죽지 않을 것이라 생각하고 있음이 틀림없습니다.

"사과나무든 거미든 죽는 건 마찬가지야."

"거미까지두요?"

"그럼. 생명이란 마찬가지니까. 모든 생명은 평등한 거야. 그러니까 우린 누구 할 것 없이 모두 시한부 삶을 살고 있는 거지. 시

한부인 만큼 삶은 더 소중한 것이고, 거미줄을 쳐 두고 우릴 뜯어먹으려 기다리는 거미의 삶도 소중하긴 마찬가지야. 먹고 먹히는 건 모두가 마찬가지니까. 따지고 보면 우린 모두 누군가의 희생을 통해 자신의 삶을 유지하고 있잖아. 먹고 먹히는 관계 자체가 사실은 삶의 질서이거든. 너 역시 많은 벌레들을 잡아먹으며 살아왔지 않니."

"그렇지만……."

"그건 미물일 뿐이고 넌 해충만 잡아먹었다고 말하고 싶은 거냐?"

"……."

"그건 사실 변명에 지나지 않는 거란다. 해충이란 순전히 인간의 기준에 의해 정해진 것이니까. 그들의 필요에 따라 숱한 벌레들이 해충으로 분류되거나 잡초라는 이름으로 많은 풀들이 뽑혀 나가기도 하지. 그러나 힘 가진 자들에 의해 정해진 질서는 참된 질서가 아니야. 질서라 호도되는 폭력일 뿐이지."

그 말을 들은 잠자리는 이제 자신이 잡아먹었던 벌레들에 대해 미안한 마음이 듭니다. 자신의 생명을 유지하기 위해 잠자리 역시 또다른 무수한 생명들을 뺏아 왔으니까요.

"그렇지만 죄책감에 시달릴 수만은 없는 일이야. 자연의 이치가 그런 거니까. 벌레를 먹어야 살 수 있는 네가 나처럼 나무 즙만 빨아먹고 살 순 없잖아?"

"그건 그렇지만, 아저씨 말을 듣고 보니 세상은 정말 불합리한 이치에 의해 움직여지고 있군요."

"그러나 따지고 보면 그게 꼭 불합리한 것만은 아니란다. 그렇게 해서 자연은 항상 신선함을 유지하는 거니까. 먼저 난 것은 가고 새로운 것이 태어나는 순환을 통해서 말이야. 그래서 죽음을 통해 삶이 완성된다는 진리가 성립되는 거야. 죽음이란 일종의 목욕 같은 거라고 난 생각해. 깨끗한 몸으로 다시 태어나기 위한 목욕."

무슨 생각을 하는지 매미는 누운 채 조용히 하늘을 올려다봅니다.

"하늘은 여전히 푸르기만 하구나. 넌 내가 여기 왜 이렇게 누워 있다고 생각하니?"

"?"

"나도 이제 목욕할 때가 된 거야. 낡은 옷을 갈아입을 때가 됐단 말이지. 몇 분 뒤면 난 호흡을 멈추게 될 거야. 아니 몇 초 뒤가 될지도 몰라. 그렇지만 조금도 두렵진 않아. 죽음을 두려워하는 건 곤충보다 인간들이 더 심해. 그들은 땅 속에서 오랜 시간을 보낸 적이 없으니까."

호흡을 고르는 듯 말을 멈추던 매미가 갑자기 푸른잠자리의 손을 끌어당겨 제 가슴에 놓습니다.

"너무 슬퍼하지 마라, 푸른잠자리야. 사랑은 이기적인 욕망을 극복하는 방법이란다. 남녀간의 사랑이란 대체로 이기심의 또다른 형태일 경우가 많거든. 이제 너 자신을 가두는 이기적인 사랑에서 벗어나 더 큰 사랑을 배우거라."

"큰 사랑이요?"

"그래. 큰 사랑이란 자신을 죽이는 거란다. 스스로의 존재를 죽일 때 비로소 참된 자기가 발견되는 법이지. 사랑을 통해 남에게 자신을 주는 법을 배우거라. 삶이 소중한 건 가슴속에 사랑을 키우고 있기 때문이나."

말을 마친 매미는 점점 호흡이 빨라지기 시작합니다. 이제 정말 생명이 빠져나갈 순간이 가까워진 모양입니다.

"아, 아저씨. 매미 아저씨!"

갑자기 당한 일에 잠자리는 어찌할 바를 모르고 갈팡질팡할 뿐입니다.

"이 일을 어떡해? 아, 아저씨. 의사를, 의, 의사를 불러야 되는데……"

그러나 의사가 무슨 소용이겠습니까. 그 누구도 수명이 다 된 생명을 소생시킬 재주는 없는 것입니다.

"내 몸은 내가 안다. 의사는 필요없어. 생명이 빠져나가면 내 몸은 따로 또 필요로 하는 데가 있어. 곤충 가운데 가장 부지런한 자들이 나를 데리러 올 거야. 그들은 내 몸을 양식으로 삼아 겨울을 나야 한다. 지금까지 난 그걸 준비하러 다녔어."

"네?"

"마지막으로 내놓을 건 낡은 이 몸뚱이밖에 없구나."

말을 마친 매미는 크게 한 번 눈을 치켜 뜬 뒤 곧 호흡을 멈춥니다. 숨을 거둔 것입니다. 어쩔 줄 모르고 쩔쩔 매던 푸른 잠자리는 사르륵거리며 기어오는 발소리에 놀라 뒤를 돌아봅니다.

개미떼였습니다. 미리 약속을 해둔 건지 정확한 시간에 개미들이 몰려 온 것입니다. 놀란 잠자리는 날개를 움직여 나무 위로 피합니다.

# 꼬까참새

중얼거리는 소리에 놀라 눈을 뜨자 햇살이 비치고 있습니다. 밤새 잠 못이루다가 새벽녘에야 잠이 들었던 모양입니다.

"이젠 이깟 이슬에도 한기가 드네."

채 마르지 않은 이슬을 털어 내며 투덜거리는 사과나무의 소리가 들렸습니다. 푸른잠자리는 어쩌다 사과나무 가지에 앉아 잠들었던 것입니다.

―남에게 자신을 주는 법을 배워야 한다!

그러나 눈을 뜨는 순간 푸른잠자리는 다시 매미가 했던 말을 되씹어 봅니다.

밤새도록 생각했던 말입니다. 잠도 자지 않고 며칠 밤을 생각하고 또 생각했던 말입니다.

그 말을 떠올릴 때마다 자꾸 오렌지코스모스 생각이 나 가슴이 아픕니다. 아무것도 해 준 것이 없다는 생각이 마음의 상처를 건드려 놓기 때문입니다.

"날 멸시하더라도 그 자리에 그대로 있어 주기만 하면 좋겠어. 그렇게 도도하던 모습도 이젠 볼 수가 없어. 다신 볼 수가 없단 말이야. 세상의 꽃들이 다 사라져 버린 것 같아."

찬별을 만난 푸른잠자리는 그렇게 소리쳤습니다. 찬별과 시인은 그날 밤 늦도록 들어가지 않고 잠자리를 기다리고 있었던 것입니다.

"아니야, 아니야. 아무것도 사라진 건 없어.

격앙된 푸른잠자리를 본 찬별이 깜짝 놀라 수화를 보냅니다.

"사라진 건 아무것도 없어. 단지 우리 눈에 보이지 않는 것뿐이야. 다시 돌아오기 위해서야, 그건. 다시 돌아오기 위해 준비하는 거란 말이야."

소리라도 지르듯 바쁘게 찬별의 손이 움직입니다. 찬별이 외치는 방식이 그런 것입니다. 찬별은 그런 식으로 외치는 것입니다.

"부딪치지 마, 부딪치지 마. 산은 그렇게 말하고 있어. 달빛이 자꾸 부딪치면 잠을 잘 수 없거든. 달빛이 환한 밤엔 눈이 부셔 산은 잠을 못자."

춤추듯 움직이는 찬별의 손가락이 이번엔 달을 가리킵니다. 오렌지코스모스를 잃어버린 잠자리를 아이는 어떻게든 위로하고 싶은 것입니다.

"저렇게 밝을 땐 달도 기분이 좋다는 얘기야. 바람이 몹시 불 땐 별들도 추워서 잠을 못자지. 추운 날 별들이 초롱초롱하게 보이는 건 그 때문이야. 기분이 몹시 상한 날 바람은 사납게 소릴 질러대곤 해. 산이나 나무들은 색깔로 말을 해. 옷 갈아입을 때가 가까워 올 때 온 산이 빨갛게 물드는 것도 그 때문이야.
그땐 옷을 갈아입어 줘야 돼. 머지않아 겨울이 올 테니까 말이야."

그제서야 잠자리는 단풍나무가 술이 취했던 게
아니라는 사실을 깨닫습니다. 발 밑에 수북하게
쌓여 있던 단풍잎 또한 옷을 갈아입기 위해
그랬던 것이라는 사실을 비로소 알게 된
것입니다.

"귀 대고 들어 봐. 그러면 친구들의
소리가 들릴 거야. 네 친구들은
아무도 사라지지 않았어."

어느새 땅바닥에 엎드린 찬별이
손짓하며 푸른잠자리를 부릅니다.
언덕 아래에선 달빛을 받은
레일이 은빛으로 빛나고
있습니다.

"누군가의 가슴에 남아 있는 한 아무것도 사라지는 것은 없어. 돌아갈 뿐이야. 엄마는 그걸 순환이라고 불렀어. 아침 이슬이 공기 속에 섞이는 것처럼, 그래서 물기를 머금은 그 공기가 다시 찬기운과 만나 이슬로 내리는 것처럼 말이야.

모든 건 그렇게 돌아가는 것뿐이야. 마음속에 기다림이 있는 한 우린 아무도 사라지지 않아. 꽃들도 다시 돌아오기 위해 그렇게 떠날 뿐이야."

매미가 했던 말과 비슷한 얘깁니다. 침묵의 삶을 통해 아이는 그렇듯 놀랄 만큼 조숙한 세계와 접해 있었던 것입니다. 세상을 보는 눈이 달라지는 것을 느끼며 푸른잠자리는 곰곰이 자신의 삶을 되돌아 봅니다.


"난 이제 쓸모없는 나무야. 내 열매들은 익지도 않고 다 떨어졌을 뿐이야."

커다랗게 외치는 사과나무의 고함소리에 잠자리는 깜짝 놀라 현실로 돌아옵니다.

"넌 밤새도록 내 가지 위에 앉아 있었어. 그렇게 여관 구실이나 할 뿐 난 이제 제대로 된 열매 하나 생산하지 못하는 쓸모없는 나무야."

사과나무는 이제 자학하듯 울먹거리기까지 합니다. 채 자라지도 못하고 떨어진 사과열매들이 발 밑에서 썩어 가고 있습니다. 사과나무를 위로하기 위해 푸른잠자리는 얼른 허공으로 날아오릅니다.

"아, 아니에요. 아니에요, 사과나무 할, 아니 사과나무 아저씨.

왜 그런 생각을 하는 거예요. 아저씬 쓸모없는 나무가 아니에요."

"아니긴 뭐…… 다 알고 있어. 이제 아저씨라고 부르지 않아도 돼. 난 늙은 게 사실인 걸. 이름만 사과나무일 뿐 제대로 사과도 만들어 내지 못하는 주제에 늙지 않았다고 고집만 부리는 건 바보 같은 짓이야."

"하지만 아저씨, 아니 할아버지. 할아버진 아직도 한참 더 사실 수 있잖아요."

"그래? 정말 그럴까?"

"그럼요. 사과를 만드는 건 이제 젊은 사과나무들에게 맡기셔도 돼요. 할아버진 할아버지대로 할 일이 따로 있을 거예요."

"어떤 일?"

푸른잠자리의 이야기를 듣는 사과나무의 얼굴엔 다시 생기가 살아납니다.

"할아버지의 경험을 젊은 나무들에게 가르쳐 주는 일, 그런 것도 좋지 않을까요? 젊다는 건 매사에 서툴다는 말이니까요."

"그것 참 좋은 생각이구나. 네 말이 맞아. 서툴다는 건 남에게 상처를 주기 쉽지. 그건 이기적이기 때문이야. 요즘 젊은 것들은 지나치게 똑똑해서 탈이거든. 젊음이란 게 서툴지 않으면 영악스러우니 원……. 우리 젊을 땐 그래도 어수룩한 구석이 있어 좋았는데……."

그때 처음 보는 새 한 마리가 사과나무 가지 위에 앉았습니다.

"두 분이 이야기하는 모습이 보기 좋군요."

처음 보는 새는 그렇게 말했습니다. 새를 본 잠자리는 본능적으로 움츠러들었지만 이내 가슴을 폅니다. 기다리던 기회가 왔다는 생각입니다. 끝내 찬별의 엄마를 찾지 못한 것이 마음에 걸릴 뿐 더 아쉬울 것도 없는 삶입니다.

─내일부터 아빠 일거릴 찾아 나설 거라고 하셨어.

그날 밤 찬별은 그렇게 말했습니다. 그날 이후 지금까지 찬별과 시인을 만나지 못하고 있습니다.

"넌 이름이 뭐냐?"

처음 본 새에게 사과나무가 물었습니다.

"꼬까참새예요."

새가 대답했습니다.

"꼬까참새? 그것 참, 이름 한번 예쁘구나. 노인들이란 지혜롭지. 그건 다 오랜 경험 때문이란다. 물론 할아버지가 네 이름을 지어 줬겠구나?"

생기를 되찾은 사과나무가 다시 잘난 체하는 버릇을 드러내기 시작합니다.

"아니에요, 사과나무님. 새들의 이름을 지은 건 인간들이에요. 그 중에서도 학자들이 많아요, 조류학자."

"조류학자? 농부란 이름은 들어 봤어도 그건 처음 듣는 이름이네?"

"새 이름을 지어 주고 먹고사는 사람들이죠. 우리 발목에 가끔 고리를 채워 주기도 해요. 총 대신 망원경을 들고 우릴 찾아내는 사람들이에요."

"발목에 고리를 채워?"

처음 듣는 이야기에 솔깃해진 사과나무는 울적했던 기분이 말끔히 가신 듯 꼬까참새의 다음 말을 기다립니다.

"말하자면 운항일지 같은 거죠. 내가 어디서 왔는지 고리를 보고 인간들은 알게 되니까요. 우린 멀리멀리 바다 건너까지 장거리 여행을 하거든요."

"바다 건너?"

바다 건너라는 말에 솔깃해진 건 잠자리였습니다. 기차에게 들은 적이 있던 말입니다. 비행기와 마찬가지로 사람 실어 나르는 일을 하지만 자긴 바다를 건너는 일이 없어 다행이라며 기차는 안도의 숨을 내쉬었던 것입니다.

"바다를 건너면 뭐가 있는데?"

잠자리가 물었습니다.

"바다를 건너면 또다른 세상이 있지. 따뜻하고 넓은 땅이 있어."

"그럼 넌 그렇게 먼 곳까지 단숨에 날아가니?"

바다를 건널 만큼 먼 거리를 날아가 본 적이 없는 잠자리는 꼬까참새의 이야기가 무척 신기하게 느껴집니다.

"아무리 큰 새라도 단숨엔 힘들어."

노란 색의 턱을 까닥거리며 꼬까참새가 대답합니다.

"그럼?"

"가다가 섬에서 쉬어 가기도 하고 그러지."

"섬이 뭔데?"

"바다 가운데 있는 휴게소야. 인간들이 만들어 놓은 고속도로에도 휴게소라는 게 있지? 인간들이 차를 세워 놓고 먹고 마시기 위해 들르는 곳 말이야. 음식을 갖다 놓고 사고 팔곤 해. 인간들의 휴식이란 사고 파는 일이니까. 그걸 하지 않으면 인간들은 불안해

하지. 그래서 우린 인간을 경제적 동물이라고 불러. 그러나 새들의 휴게소는 그것과는 달라. 그걸 운영하고 싶다고 대통령 아들에게 부탁하는 새는 없으니까."

넓은 세상을 본 꼬까참새는 아무래도 아는 게 많습니다. 금세라도 찢어질 것 같은 자신의 날개보다 크고 튼튼한 꼬까참새의 날개가 부러운 듯 푸른잠자리는 선망의 눈빛으로 쳐다봅니다.

"그런데 넌 왜 날 잡아먹질 않니?"

비로소 푸른잠자리는 본론으로 들어갑니다. 지금까지 그 이야기를 꺼내기 위해 변죽만 울렸을 뿐입니다.

"잡아먹어? 내가 널? 왜?"

"새들은 잠자리 요릴 좋아하잖아."

그 말을 들은 꼬까참새는 쩍쩍거리는 소릴 내며 웃음부터 터뜨립니다.

"웃기지 마. 잠자리도 요리라고 할 수 있니? 난 비린내 나는 건 안먹어. 내가 즐기는 건 식물성 음식이야. 식물의 종자 같은 깨끗한 걸 난 좋아한단 말이야."

뜻밖의 말이었습니다. 하기야 처음 보는 새의 식성을 물어 보지도 않고 육식으로 몰아붙인 건 예의에 어긋나는 일입니다.

"미안해. 난 네가 육식을 좋아하는 줄 알았어."

"그리고 난 나그네새야. 널 잡아먹을 시간도 없어. 곧 길을 떠나야 하니까."

그 말을 마친 꼬까참새는 정말 떠날 듯 푸르르, 날개를 펴 듭니다.

"아, 아니야. 잠깐! 잠깐만!"

얼른 꼬까참새의 앞을 가로막으며 잠자리가 소리쳤습니다.

"왜?"

"미안하지만 날 잡아먹을 새를 소개해 주고 떠날 순 없겠니?"

"널 잡아먹을 새?"

이상하다는 듯 꼬까참새는 고개를 갸우뚱거립니다.

"이상한 아이구나. 도대체 넌 왜 잡아먹히고 싶어하니?"

"바다를 건너고 싶어서."

"바다를 건너고 싶다고? 새의 뱃속에 들어가 바다를 건너겠단 말이니?"

"응."

그러나 잠자리의 생각은 그게 아니었습니다. 가슴 깊이 품은 생각을 함부로 말하고 싶지 않았을 뿐, 푸른잠자리는 지금 한 가지 생각에 몰두해 있는 것입니다.

"새들은 꽃씨도 먹니?"

"그럴 수도 있지."

고개를 갸우뚱거리며 생각에 잠기던 꼬까참새가 다시 입을 연 것은 잠시 후였습니다.

"네가 원한다면 소개해 줄 순 있어. 특히 잠자리 요릴 즐기는 친구니까. 그렇지만 그 애도 벌써 강남을 향해 떠났을지 몰라."

"그 애가 누군데?"

"개개비야."

"개개비?"

"그래. 나보다 덩치도 큰 새야."

그때 둘의 이야기를 듣고 있던 사과나무가 끼어듭니다.

"떠나지 않았어, 개개빈 아직."

"네? 할아버지가 그걸 어떻게?"

"오늘 아침에도 내 가지에서 쉬다 갔는 걸 뭐. 그렇잖아도 며칠 안으로 떠날 거라며 작별인사를 하러 다니던 길이었어."

"그랬군요. 그러면 정말……."

푸른잠자리는 이제 본격적으로 개개비를 찾아 나설 생각을 합니다.

"그럼 어디 가면 개개비를 만날 수 있을까요?"

"그건 난 모르지. 나야 이 근처밖에 더 아는 데가 있어야지. 늘 집에만 박혀 있으니까 말이야."

다시 불만스런 표정을 지으며 사과나무가 대답합니다.

"걱정하지 마. 그건 내가 알아."

조금 걱정스런 표정을 짓고 있던 꼬까참새가 말했습니다.

"개개빈 주로 물가에서 노는 아이야. 강이나 호수 같은 델 가면 만날 수 있을 거야. 늘 무스를 발라 머리를 바짝 세우고 다니지. 갈색 옷을 입고 입술엔 황갈색 루즈를 바르고 말이야."

잠자리의 머릿속으로 퍼뜩 들꽃에게 편지를 전하던 강변이 떠올랐습니다. 한때 시인이 밤마다 찾아가 소리를 질러대던, 개나리 나무가 늘어서 있는 그 강변 말입니다.

"그럼 안녕! 바다를 건너다 개개비를 만나면 뱃속에 네가 들어 있는 걸로 알게. 잘 살펴보면 개개비의 뱃속에 네가 찾는 꽃씨가 들어 있을지도 몰라."

그런 말을 남기고 꼬까참새는 떠났습니다. 사과나무에게 작별을 고한 잠자리는 이제 차분히 마음을 정리해야겠다는 생각을 합

니다. 그 순간 갑자기 찬별의 엄마를 찾아다닐 때 봤던 장면 하나
가 떠오릅니다.

철교가 있는 강가에서 일어났던 일입니다.

"웬 사람이 교각 위에?"

길게 꼬리를 물고 있는 자동차 행렬을 내려다보던 푸른잠자리
는 교각에 사람이 올라가 있는 것을 발견하고 깜짝 놀랐습니다.

남루한 옷차림의 사내였습니다.

―내려와요, 내려와!

막 강 위로 뛰어내릴 듯 신발을 벗고 있는 사내를 향해 사람들
이 소리를 지르고 있었습니다. 그러나 밑에서 벌어지는 소동과 상
관없이 사내는 비장한 표정으로 한 발 한 발 낭떠러지를 향해 걸
어갈 뿐입니다.

상황의 심각성을 깨달은 푸른잠자리는 쏜살같이 사내를 향해
날아갔습니다.

"아저씨, 뛰어내리지 마세요. 뛰어내리면 안돼요, 아저씨!"

그 순간 사내가 힐끗, 잠자리를 쳐다봤습니다.

웬 잠자리가?

사내의 눈은 그렇게 말하는 것 같았습니다. 그러나 사실은 그
게 아닐지도 모릅니다. 그런 상황 속에서 눈에 뵈는 게 뭐가 있겠
습니까.

이것만이 유일한 출구다! 뛰어내리기만 하면 모든 것이 끝난
다! 뛰어드는 순간 모든 갈등에서 벗어날 수 있다!

사내의 귀엔 그렇게 유혹하는 강물소리가 들렸던 건지도 모릅
니다.

어쩌면 시인 역시 그런 유혹에 빠진 적이 있었을지도 모릅니다. 그 역시 막막한 상황에 놓여 있긴 마찬가지 아닙니까? 개개비를 찾아 나서는 잠자리의 심정 또한 그 비슷한 것일 수도 있습니다.

이제야 잠자리는 그때 교각 위에 서 있던 사내의 심정을 이해할 수 있을 것 같습니다.

누구나 어려운 상황에 놓여 봐야 비로소 남을 이해할 수 있습니다. 이론만으로 이해될 수 있는 것이란 없습니다. 이해한다는 말은 결국 경험을 바탕으로 하는 거니까요. 경험하지 않고선 아무것도 제대로 이해할 수 없는 법입니다.

자살하는 사람의 심정!

그러나 그건 아닙니다.

제 스스로 개개비를 찾아갈망정 결코 푸른잠자리는 자살을 하려는 건 아닙니다.

—삶이 소중한 건 가슴속에 사랑을 키우고 있기 때문이다!

매미가 남긴 말이 귀에 쟁쟁합니다. 삶을 소중하게 쓰는 방법이 어떤 것인지 알게 된 것뿐입니다. 그렇습니다. 깨달음은 언제나 그렇게 더디 오는 법입니다.

# 개개비

꼬까참새의 말대로 개개비는 강가에 있었습니다. 뭘 찾아다니는지 분주하게 움직이고 있는 개개비를 먼 발치에서 바라보는 잠자리의 마음은 그야말로 만감이 교차합니다.

"빨리 도망가! 개개빈 보는 즉시 널 잡아먹을 거야."

개나리나무가 말했습니다.

"잠깐만 피하면 돼, 푸른잠자리야. 저 앤 곧 떠날 거란 말이야."

피하지 않는 잠자리가 안타까운지 다시 다급한 소리로 개나리나무가 재촉합니다.

"피할 필요없어. 난 지금까지 개개빌 찾고 있었는 걸 뭐."

"개개빌 찾고 있었다고?"

"응."

"너 지금 정신이 있는 거니? 개개빈 지금 양식이 떨어져 굶주려 있는 상태야. 이것저것 가리지 않고 닥치는 대로 주워 먹고 있단 말이야. 그런데 널 발견해 봐. 순식간에 넌 개개비 뱃속으로 들어가고 말 거야."

속으로 잠자리는 잘 되었다고 생각합니다. 잘하면 개개비의 뱃속에서 꽃씨를 만날 수도 있겠구나 하는 희망을 걸어 봅니다.

"푸른잠자리야, 안돼! 빨리 숨으란 말이야, 빨리!"

개나리나무의 고함소리를 뒤로 하며 푸른잠자리는 이제 개개비가 한눈에 볼 수 있는 엉겅퀴 위로 내려앉습니다.

"이것 봐라? 아직도 살아 있는 잠자리가 있네?"

감탄하는 개개비의 목소리가 멀리서도 또렷하게 들려 옵니다. 돌발적으로 전개되는 상황에 놀라 떨기 시작한 건 엉겅퀴였습니다.

"맛있는 잠자리야. 꼼짝 말고 거기 있거라!"

마치 반가운 친구를 만난 듯 손뼉을 치며 개개비는 순식간에 날아옵니다. 꼬까참새의 말처럼 정말 무스를 바르고 머리털을 바짝 치켜세우고 있는 새입니다. 갈색날개를 활짝 펴고 날아오는 개개비를 보는 순간, 푸른잠자리는 본능적인 공포에 질립니다.

지금까지 자신이 잡아먹은 벌레들의 모습이 불현듯 눈앞을 스치고 지나갑니다. 그들도 아마 이런 공포를 느꼈을 것입니다.

그들에게 미안하다는 생각을 한 것도 순간, 탄환처럼 날아온 갈색날개는 어느새 눈앞에서 펄럭입니다. 커다랗게 벌린 개개비의 부리 속은 막 빨갛게 불을 토해 내는 지옥의 한 장면 같습니다.

"그래. 날 잡아먹고 힘을 내 강남까지 가거라."

잠자리는 이제 눈을 감아 버립니다. 필사적으로 한 번 오렌지코스모스의 얼굴을 떠올려 봅니다. 한때 그녀를 생각하기만 해도 행복할 때가 있었습니다.

―어쩌면 오렌지코스모스를 닮은 꽃의 거름이 될 수도 있다!

마지막으로 스쳐간 생각은 그것이었습니다. 아름다운 꽃을 피우고 싶다는 열망이 갑자기 잠자리의 작은 가슴을 불처럼 태워 버립니다. 엉뚱하게 푸른잠자리는 지금 꽃을 피우고 싶다는 열망에 사로잡혀 있는 것입니다.

꽃씨와 함께 새똥에 섞여 흙으로 묻히고 싶다는 생각.

어둡고 축축한 땅 속에 묻혀 제 철을 기다리는 꽃씨들의 거름이 되겠다는 생각.

"오렌지 꽃을 피우고 싶다!"

갑자기 온몸을 던져 소리치는 잠자리의 절규에 강가의 나무들이 일제히 가지를 치켜들며 귀를 쫑긋거립니다.

오렌지 꽃을 피우고 싶다! 오렌지 꽃을 피우고 싶다!

나뭇가지에 부딪친 절규는 물결치며 강의 얼굴에 작은 주름을 그려 놓습니다.

그러나 생각은 이상을 따라 하늘을 날지만 현실은 언제나 뼈를 깎듯 아픈 법입니다. 채 메아리가 사라지기도 전에 낚아채어진 푸른잠자리의 허리는 대번에 두 동강이 나 새의 부리 속으로 들어가고 맙니다.

모든 운명이 순식간에 바뀌듯 순간적으로 모든 것이 끝난 것

입니다. 삶과 죽음의 경계란 그렇듯 가볍게 넘어갈 수 있는 금 하나의 차이입니다.

동그란 헬멧을 닮은 머리통이 바지직거리며 개개비의 입 속으로 들어가는 순간, 푸른잠자리의 영혼은 낡은 육체를 벗어버립니다. 그 순간 하늘 한쪽으론 실낱 같은 연기 하나가 자유를 얻은 수인처럼 가볍게 구름 속을 헤쳐 갑니다.

새의 뱃속으로 들어간 잠자리의 몸은 먼저 와 있는 씨들과 만납니다. 오랜만에 잠자리 한 마리를 통째로 삼킨 개개비는 이제 힘을 내 먼길을 떠날 수 있습니다. 움켜쥐고 있던 나뭇가지를 놓아 버리며 휭, 하고 강의 반대쪽을 향해 날아가는 새의 날개짓에 힘이 실려 있습니다.

# 불쌍한 음악을 들으면 왜 눈물이 나와?

"아빠, 새똥이 떨어졌어."

하늘을 바라보고 있던 찬별이 갑자기 수화를 보냅니다.

"새똥?"

고개를 든 시인이 찬별을 봅니다. 기차를 타기 위해 역 쪽으로 걸어가던 두 사람입니다.

"저기 저 새가 그랬어."

새 한 마리가 새로 들어선 골프 연습장 쪽으로 날아가고 있습니다. 그물 속에는 동그랗고 하얀 새들이 바쁘게 날아다니고 있습니다. 친구인 줄 알고 다가갔던 새들은 그물에 부딪치는 하얀 공들을 보고 깜짝깜짝 놀라기도 합니다.

—새장 속에서 빠져 나오지도 못하고 쟤들은 참 불쌍한 아이들이야.

강남을 향해 떠난 꼬까참새가 했던 말입니다. 그는 지금쯤 바다 위를 날고 있을지도 모릅니다.

"아빠, 푸른잠자리가 죽었어요."

이번엔 단풍나무가 서 있는 언덕을 향해 달려가며 찬별이 말합니다.

"뭐?"

"그렇지만 영 사라진 건 아니야."

쪼그리고 앉은 찬별은 바닥의 흙을 파내고 있습니다.

"새똥을 파묻는 거야. 내년에 꽃이 피도록."

서 있는 아빠를 올려다보며 찬별이 말합니다. 흙이 묻은 손가락을 움직이는 찬별의 얼굴엔 왠지 미소가 비칩니다.

"꽃이 피면 엄마가 돌아올 거니까."

"그렇지만 찬별아, 우린 지금……."

"지금 뭐, 아빠?"

"말했잖아. 아빤 곧 기차를……."

채 말을 끝내지 못하고 시인은 얼른 하늘을 쳐다봅니다. 눈물이 나올 것 같기 때문입니다. 아빠, 어른이 울면 안돼! 시인의 눈물을 보면 찬별은 분명 그런 말을 할 것입니다.

"응? 갑자기 노랫소리가 들리는데, 아빠?"

흙을 파던 손을 멈춘 찬별이 갑자기 귀를 쫑긋거립니다. 어디서 또 딸랑거리는 소리를 내며 건널목이 노래를 하고 있을지도 모를 일입니다.

"잘 들어 봐, 아빠."

시인의 손을 끌어당기며 찬별이 먼저 바닥에 엎드립니다. 새처럼 작은 찬별의 가슴이 콩닥거리는 것을 시인은 잡힌 손을 통해 느낍니다.

"노랫소리가 들리지, 아빠? 엄마가 부르는 자장가 소리 말이야. 새근거리며 잠자고 있는 꽃씨들이 다 깨겠어. 엄만 항상 너무 크게 노랠 부르거든. 땅 속의 실핏줄들이 서로서로 손잡고 소릴 전해 주잖아. 자전거 바퀴 구르는 소리, 꽃들이 힘겹게 물 긷는 소리, 사람들의 텅 빈 마음이 바람소릴 내는 것도 들려. 곧 기차가 꽥, 하는 소리를 지르며 나타날 거야. 우린 그때 손을 흔들면 돼."

부지런히 움직이는 찬별의 손을 보며 시인은 가만히 한숨을 내쉽니다. 슬픈 생각 위로 얹혀 오는 답답한 마음을 시인은 그러나 가만히 털어내 버립니다.

"불쌍한 음악을 들으면 왜 눈물이 나와, 아빠?"

갑자기 엎드렸던 몸을 일으키며 찬별이 물어 옵니다.

"불쌍한 음악?"

시인의 눈 속으로 이제 찬별은 대롱거리는 물방울 하나로 맺혀 옵니다. 눈을 감으면 굴러 떨어질지 모르는 작은 물방울. 무지개처럼 아른거리고 있는 그 물방울이 떨어지지 않도록 시인은 다시 고개를 젖혀 하늘을 봅니다.

불쌍한 음악을 들으면 왜 눈물이 나오냐구?

왜 그렇지?

왜?

왜 눈물이?

왜?

왜?

......

하늘에다 대고 시인은 자꾸 소리를 지릅니다. 그러나 그 소리는 누구의 귀에도 들리지 않는 것입니다. 하늘이 아니라 사실은 스스로의 가슴에다 대고 지르는 소리이기 때문입니다.

"엄만 기차를 타고 올 거야. 역에서 내리면 집까진 걸어서 올 거야."

답답한 아빠의 마음을 모르는지 찬별은 여전히 엄마 생각만 하고 있습니다.

"걸어서 온다고? 엄마가?"

"응. 엄만 어른이니까. 혼자서도 집을 잘 찾을 수 있으니까."

"그, 그렇지만, 그렇지만 찬별아. 우린, 우린……."

시인은 지금 당황하고 있습니다. 어젯밤부터 줄곧 했던 이야기를 기억하지 못하는 양 찬별이 자꾸 엉뚱한 소리만 하고 있기 때문입니다.

"찬별아, 찬별인 정말 고모 집에서 살 수 있지?"

"응."

"정말이지? 울지 않고 있을 수 있지?"

"응."

시인은 속으로 눈물을 삼킵니다. 이제 찬별을 두고 먼길을 떠나야 하는 것입니다.

"그래, 찬별인 정말 착하구나. 우리 찬별이, 아빠가 돈 벌어 와서 뭘해 줄까? 뭐가 제일 하고 싶지?"

"제일 하고 싶은 것?"

"그래. 말해 봐. 아빠가 꼭 해 줄게. 말해 봐."

슬퍼지지 않으려 시인은 애씁니다. 돈을 벌면 찬별에게 정말 해 주지 못했던 것을 다 해 주고 싶습니다.

"난⋯⋯."

잠깐 머뭇거리는 찬별의 시선에 새싹 같은 설레임이 묻어 납니다.

"학교에 가고 싶어요, 아빠. 다시 학교에 가고 싶어요."

그 순간 시인의 가슴에서 쿵, 하며 뭔가 무너지는 소리가 들립니다. 아빠가 직장을 잃는 바람에 찬별은 학교까지 쉬어야 했던 것입니다. 멀리 특수학교까지 보낼 돈이 없었기 때문이죠.

"멈추세요! 멈추세요!"

그때 갑자기 누가 크게 고함을 지르는 소리가 들려 왔습니다.

"위험해요, 위험해! 곧 기차가 올 거예요!"

소리의 임자는 자전거를 타고 있는 소년이었습니다. 소년의 고함소릴 들은 청년 하나가 우뚝, 건널목 앞에 멈추어 섭니다. 들려야 할 신호소리가 왠지 들리지 않습니다.

"그랬군요. 그래서 차단기가 내려오는 걸 몰랐군요."

소년의 엄마인지 이번엔 여자 목소리가 납니다. 여자의 시선은 청년이 쥐고 있는 하얀 지팡이에 가 있습니다. 검은 안경을 낀 청년은 그야말로 푸르디푸른 나이입니다.

"고맙다. 목소릴 들으니 초등학생 같은데?"

"네, 4학년이에요."

"착한 아이네. 나도 너만 했을 땐 앞을 볼 수 있었는데⋯⋯."

더듬거리며 소년의 손을 잡던 청년이 말끝을 흐립니다.

"저만했을 땐 앞을 봤다고요?"

"그래."

소년의 눈이 깜박거리며 청년을 봅니다. 마치 몰랐던 사실을 새롭게 알았다는 듯 소년은 신기한 표정을 짓습니다.

"그럼 형은 기차를 본 적도 있겠네요?"

"물론이지. 기차가 어떻게 생겼는지 아직도 생생히 기억하고 있어."

"기차 말고는요? 기차 말고 또 기억나는 건 없나요?"

"글쎄, 기억나는 건 많지. 보고 싶은 것도 많고. 시력을 잃으면 넌 뭐가 가장 보고 싶어질 거라고 생각하니?"

청년의 목소리에 가벼운 물기가 묻어 납니다. 웬일인지 기차는 아직 얼굴을 드러내지 않고 있습니다.

"하늘이요. 푸른 하늘이 보고 싶을 것 같아요."

"하늘?"

"네, 형은요? 형은 어땠어요?"

"난 말이야. 난……."

청년의 목소리에 묻은 물기가 소년을 적십니다. 뭔가를 생각하듯 잠깐 말을 멈추던 청년은 이내 차분한 목소리로 대답합니다.

"엄마였어."

"네?"

순간, 뒤쪽에 서 있던 소년의 엄마가 놀란 듯 동그랗게 눈을 뜹니다.

"엄마였어. 가장 보고 싶었던 건 엄마 얼굴이었어."

"엄마 얼굴이요?"

"그래."

주르르, 눈물을 흘린 사람 역시 소년의 엄마였습니다. 아무것도 보이지 않는 청년은 그것도 모르고 짐짓 미소까지 지으며 이야길 계속합니다.

"엄마가 보고 싶을 땐 잠을 자야 해."

"네?"

"꿈꾸면 엄말 볼 수가 있으니까. 엄마가 보고 싶을 때마다 수면제를 먹고 잠을 청했어. 꿈속에선 앞을 볼 수 있거든."

다시 몰랐던 사실을 알았다는 듯 소년이 신기한 표정을 짓습니다.

"꿈에서 깨면 그럼 아무것도 안보이나요?"

"아무것도 안보여. 그래서 나 같은 사람한텐 꿈에서 깬다는 게 큰 절망이야."

"절망이요?"

"그래. 그렇지만 이젠 괜찮아. 생각을 바꿨기 때문이야. 희망이니 절망이니 하는 것들도 다 생각하는 방식에서 비롯되는 거니까. 지금 우리가 손잡고 있는 것처럼 희망과 절망도 손잡고 있을 때가 많거든. 그 애들은 원래 친구 사이니까. 커서 절망을 만나더라도 넌 멀지 않은 곳에 희망이 있다는 사실을 잊지 말아라."

자신을 부축해 준 소년이 고마워 청년은 무슨 말인가를 해 주고 싶었던 모양입니다. 햇빛에 반사되는 검은 안경 속으로 이제 기차가 오고 있습니다.

땅 속에서 손잡고 있던 실핏줄들이,

기차가 온다! 기차가 온다!

외치는 소리가 들립니다. 그 소리는 물론 땅바닥에 귀 대어 본 사람들만 들을 수 있는 소립니다. 꽃이 힘겹게 물 길어 올리는 소리, 찬별의 엄마가 부르는 자장가 소리 또한 흙 위에 가슴을 대어본 사람들만 알 수 있는 소립니다.

시인은 이제 기차에 오릅니다. 고모 손에 잡힌 찬별은 입 꼭 다문 채 기차를 타는 아빠를 지켜보고 있습니다.

"찬별아, 잘 있어. 고모 말 잘 듣고, 아빠가 편지할게."

차창 밖으로 손 내민 시인이 수화로 이별의 인사를 합니다. 승객을 다 태운 기차는 천천히 플랫폼을 빠져나가기 시작합니다. 고모 손을 쥐고 있는 찬별의 머리카락이 바람에 날립니다.

그때였습니다.

"아, 아!"

갑자기 누가 지른 소리 하나가 비명처럼 찢어집니다. 소리에 깜짝 놀란 찬별의 고모가 넘어질 듯 휘청거립니다.

"압빠!"

웬 아이가 지르는 절규가 총알처럼 기차를 좇아갑니다.

"아빠! 아빠!"

뜻밖에 그건 찬별의 입에서 터져나온 소리였습니다. 찬별이 소리를 지른 겁니다. 수화가 아닌 생생한 목소리였습니다. 놀란 고모가 붙잡을 새도 없이 아이는 소리소리 지르며 달려갑니다.

"아, 아니 찬별아! 찬별아!"

찬별의 손을 놓친 고모 역시 소릴 지르며 좇아갑니다. 분명 고모도 아빠라고 외치는 찬별의 목소릴 들었습니다. 갑자기 아이의 말문이 트인 것입니다. 찢어지는 소리에 걸음 멈춘 사람들이 달려가는 두 사람을 지켜보고 있습니다.

"가지 마, 아빠! 가지 마! 나랑 같이 살아. 아빠! 아빠!"

꿈이 아닙니다. 찬별은 이제 울부짖는 소릴 내며 달려갑니다. 뛰어오는 찬별을 본 시인도 미친 듯 손을 흔듭니다. 기차소리 때문에 시인은 찬별이 지르는 소릴 듣지 못합니다.

꽥, 하는 소릴 지르며 기차가 속력을 붙입니다. 찬별의 소리는 이제 기차소리에 묻혀 힘을 잃습니다. 네모난 창을 덜커덩거리며 기차는 다음 역을 향해 달려갈 뿐입니다. 작은 묘목처럼 보이던 찬별은 이내 앉은뱅이꽃 크기로, 마침내 작은 점처럼 줄어들며 사라지고 맙니다. 손 흔들기를 포기한 시인은 이제 자리로 돌아와 앉습니다.

―불쌍한 음악을 들으면 왜 눈물이 나와, 아빠?

정신을 차린 시인은 노트를 꺼내 찬별이 하던 말을 적기 시작합니다.

사각사각사각, 사각사각사각 눈길을 걷는 발자국 소리처럼 시인의 몽당연필이 먼길을 갑니다.


눈앞을 지나간 기차가 언젠가 종착역에 닿듯 지금까지의 이야기도 이제 종착역에 다다를 때가 되었습니다.

가을 또한 마지막에 이르면 서리가 오겠죠.

머리 가득 하얗게 서리를 이고 또 사과나무는 다가오는 추위를 견디기 위해 겨울옷을 꺼내 입을 것입니다. 이상한 일이지만 나무들은 여름엔 옷을 꺼내 입고 겨울엔 되려 입고 있던 옷을 벗어버립니다.

그렇지만 모든 일엔 예외가 있습니다. 추위가 두려워 겨울옷을

껴입는 늙은 사과나무를 단지 이치에 맞지 않는다고 나무랄 수만은 없는 노릇 아닐까요?

수많은 예외가 세상을 움직여 갑니다. 그리고 그 예외 속에서 수많은 생명들이 순환합니다.

신촌을 떠난 경의선 열차가 문산에 이르기 전, 혹 백마에 내릴 기회가 있으면 찾아보십시오.

땅바닥에 귀 대고 엄마를 기다리고 있을 한 아이가 없는지. 아기의 손바닥 같은 단풍잎들이 흔들리고 있는 그 언저리 어딘가 꽃 피우기 위해 물 긷고 있는 작은 생명이 없는지 말입니다.

## 풀 끝에 맺힌 이슬이 벗은 발등을 차네

황청원(시인)


이 세상엔 절망이 무성합니다. 그래서 내 곁의 누군가는 "아, 곳곳에 숨어 사금파리 조각처럼 빛나는 것은 모조리 절망이다."라고 했는지도 모릅니다.

존재란 그 자체가 이미 절망의 근원입니다. 한 찰나의 슬픔에서부터 또 한 찰나의 기쁨까지 존재란 절망의 뿌리이고도 남습니다.

그러나 그렇듯 절망만을 말하기엔 우린 이 세상에 머물러 있어야 할 시간이 너무 짧습니다.

향기나는 그 무엇과 바꿔 놓지 않으면 삶이란 금세 이슬처럼 사라지고 말 뿐입니다.

그저 추억이나 향수 정도로 잠시 기억될 뿐 삶의 순간들은 아무런 흔적도 남기지 않을 것이 분명합니다.


"절망과 희망은 생각하는 방식의 차이일 뿐이다."

〈내마음의 자전거 소리〉 속에 나오는 잠언입니다. 그렇습니다.

'절망과 희망은 서로 손을 잡고 있는 친구'일 뿐입니다.

마치 세상 떠나신 아버지의 헌옷처럼 나는 〈내마음의 자전거 소리〉에 나오는 잠언 하나하나를 내 가슴에 걸어 놓아 봅니다.

애써 길어 올린 샘물에 손을 적시며 나는 이제 먼산을 바라봅니다. 비 갠 날 앞산은 눈물이 날 만큼 투명합니다.

그렇듯 투명한 초록을 보며 나는 몇 번씩 〈내마음의 자전거 소리〉를 되읽어 봅니다. 이 책 속엔 우리가 잊고 살았던 이야기들이 너무나 많기 때문입니다.

〈내마음의 자전거 소리〉 속에 등장하는 사물들은 어느 것 하나 사랑스럽지 않은 것들이 없습니다.

푸른잠자리의 사랑을 외면하는 오렌지코스모스, 술 취한 듯 단풍이 든 단풍나무의 사연, 삶과 죽음을 순환으로 바라보는 매미의 철학, 은빛 날개 빛내는 비행기와 사각거리며 먼길을 가는 몽당연필의 이야기는 어떻습니까. 그리도 이름 예쁜 꼬까참새는 어느덧 내 가슴 일렁이게 하는 사랑으로 다가옵니다.

벽으로 가로막혀 있는 사람과 사람 사이를 뚫고 푸른잠자리는 이제 내 마음 열어 놓는 바람소리로 가슴 적십니다. 우체부가 되어 꽃들의 마음을 전하던 푸른잠자리처럼 닫혀 있는 사람들의 마음 가득 나 또한 향기를 전하는 존재이고 싶습니다.

무심코 내린 간이역을 걸어나와 나 또한 책 속의 시인처럼 긴 의자에 앉아 봅니다.

눈을 감고 있는 내 어깨 위에 어느새 푸른잠자리 한 마리 내려앉습니다. 깃털처럼 가볍게, 하늘 위로 날아오르는 잠자리를 향해 어느새 내 마음은 손가락을 움직이며 말합니다.

─ 인간의 말은 울림이 없다. 울림이 없는 말은 생명이 없다. 생명이 없는 것은 아름답지 않다. 아름다운 것은 살아있는 것이다.

글쓴이 김재진은 나의 친구입니다.

그의 곁에 있을 때 난 언제나 칼칼한 바람소리를 듣습니다. 빈 들을 막 지나온 바람의 몸속에서 울려나오는 그런 소리입니다. 그러나 결코 그가 내는 그 칼칼함을 통해 나는 싸늘한 냉기를 느끼진 않습니다. 거기엔 오히려 인간의 냄새가 묻어 있습니다.

어느 날 문득 바라보며 한 방울 눈물 흘릴 수 있는…….

그의 시나 산문을 읽고 난 내가 오랫동안 여운에 사로잡히는 건 그 때문입니다.

이제 그는 〈내마음의 자전거 소리〉로 또 한 번 나를 자욱하게 합니다.

아침안개처럼 밀려오는 그 자욱함.

그러나 그 자욱함은 시든 삶을 깨우는 맑은 물방울 같은 것입니다. 그 맑은 빛에 물들어 나는 이제 막 새로운 아침을 맞고 있습니다.

풀 끝에 맺힌 이슬을 찬 내 벗은 발등이 서늘합니다.

아침산책에서 돌아온 나는 일찍 깨어 있을 친구를 향해 부끄러운 시 한 줄 놓아 둡니다.

시인이여 잠들지 마라
그대가 잠들면
이 세상 사람들의 잠 속을
누가 지나갈 것인가.

# 내 마음의 자전거 소리

초판인쇄 · 1998년  6월 20일
초판발행 · 1998년  6월 25일

지은이 · 김재진
펴낸이 · 최정헌
펴낸곳 · 좋은날
주소  · 서울시 서대문구 충정로 3가 8-5호 동아 아트 1층
전화번호 · 392-2588~9
팩시밀리 · 313-0104

등록일자 · 1995년 12월 9일
등록번호 · 제 13-444호